EL SECRETO DE LA NIÑERA

ELIZABETH LANE

Editado por Harlequin Ibérica.
Una división de HarperCollins Ibérica, S.A.
Núñez de Balboa, 56
28001 Madrid

I.S.B.N.: 978-84-687-6646-1
Depósito legal: M-31389-2015
Impresión en CPI (Barcelona)
Fecha impresion para Argentina: 20.6.16
Distribuidor exclusivo para España: LOGISTA
Distribuidor para México: CODIPLYRSA
Distribuidores para Argentina: Interior, DGP, S.A. Alvarado 2118.
Cap. Fed./Buenos Aires y Gran Buenos Aires, VACCARO HNOS.

Capítulo Uno

Dutchman´s Creek, Colorado

Ofertas de trabajo:
Niñera para recién nacido a tiempo completo en
zona Wolf Ridge. Mujer madura, discreta y preferible-
mente con experiencia. Urgente.
Enviar datos a wr@dcsentinel.com

Wyatt Richardson, exasperado, contempló el montón de currículos encima de la mesa de trabajo presta-
da. Hasta el momento había entrevistado a tres adolescentes, una mujer de Guatemala que apenas hablaba
inglés, una madre con un hijo de dos años y una mujer
de edad avanzada que, según había reconocido, sufría
palpitaciones en las zonas de gran altitud.

Ninguna de las aspirantes era apropiada. Por suerte,
tampoco ninguna había parecido reconocerle con esa
gorra vieja de béisbol. Pero eso no solucionaba el problema.

Quizá debería haber ido a una agencia de empleo en
vez de poner un anuncio en el periódico *The Dutch-
man´s Creek Sentinel*, pero las agencias hacían preguntas y él quería discreción ante todo. Ni siquiera sus empleados del complejo turístico sabían que su hija de
dieciséis años, Chloe, se había presentado en su casa

embarazada casi de nueve meses ni que había dado a luz a un niño en el hospital local.

Suspiró cansado y ojeó el último currículum: Leigh Foster, veintiséis años. Al menos, la edad era adecuada. Pero el título de periodismo de la Universidad de Colorado no acabó de gustarle, a lo que había que añadir su limitada experiencia como niñera: cuidar niños esporádicamente cuando estudiaba en el instituto. Leigh Foster también había editado una revista de viajes, ya extinta, y en la actualidad trabajaba a tiempo parcial en un periódico local. Debía estar necesitada de dinero; si no, ¿por qué una mujer con estudios iba a querer trabajar de niñera?

«Da igual, acaba con esto cuanto antes». Apretó un botón para indicar a la recepcionista que hiciera entrar a la siguiente solicitante de empleo.

Oyó el repiquetear de unos tacones en el vestíbulo. Un momento después, la puerta de la pequeña estancia donde estaba haciendo las entrevistas se abrió. Delante de sí vio a una mujer esbelta de cabello castaño en forma de melena tipo paje y enfundada en un traje de chaqueta azul marino. Se parecía a Anne Hathaway. Le gustó lo que vio, mucho. Desgraciadamente, buscaba una niñera, no una novia.

–Señor Richardson.

Wyatt clavó los ojos en las largas piernas de la mujer mientras se acercaba a él extendiendo la mano. De repente, se alarmó. Esa mujer trabajaba en el *Sentinel* y debía saber quién había puesto el anuncio. Era periodista. ¿Necesitaba el trabajo o solo era un subterfugio para indagar y escribir un artículo?

Lo importante era proteger a Chloe.

Wyatt se levantó y le estrechó la mano. Los dedos de la mujer eran como toda ella: delgados, fuertes y cálidos. La chaqueta del traje se le había abierto, debajo llevaba una blusa de seda color cobre. La seda se le pegaba al cuerpo de forma seductora.

Clavó los ojos en el rostro de ella y, con un movimiento de cabeza, le indicó que se sentara.

Wyatt volvió a sentarse y pasó los ojos por el currículum.

–Parece estar suficientemente cualificada para trabajar en su campo, señorita Foster. Dígame, ¿Por qué quiere trabajar de niñera?

Esos labios sensuales esbozaron una sarcástica sonrisa.

–Puede que esté cualificada, pero tengo problemas económicos. En estos momentos trabajo veinte horas a la semana y estoy acampando en la habitación de invitados de la casa de mi madre. Mi madre es agente inmobiliario y también está pasando un mal bache; además, mi hermano menor vive con ella. Me gustaría ayudar en vez de ser una carga.

–Así que es una cuestión de dinero.

–¡No! Hay otros motivos. La mayoría de mis amigas tienen hijos –hablaba como si recitara algo aprendido–. He pensado que, dentro de unos años, si no me caso, puede que adopte un niño o incluso puede que recurra a la inseminación artificial. Entretanto, me encantaría cuidar de un bebé. Por supuesto, no puedo prometer que sea por largo tiempo –su voz ronca se interrumpió unos segundos–. Si me considera una posible candidata, ¿podría hablarme del trabajo? Si no, mejor me marcho ya.

Leigh Foster se agarró las manos. Wyatt casi se deshizo al verla tan vulnerable. Sí, le interesaba conocer mejor a esa mujer. Pero además necesitaba una niñera para el niño de Chloe y, hasta ese momento, Leigh Foster era su única opción.

No obstante, tenía que asegurarse de que ella no iba a aprovecharse de la situación.

Wyatt se aclaró la garganta y agarró la cartera que había dejado en el suelo debajo del escritorio.

–Necesitaré referencias, por supuesto –dijo Wyatt sacando de la cartera una carpeta–. Pero antes de continuar, ¿le importaría firmar un contrato de confidencialidad?

Leigh agrandó los ojos.

–Claro, por supuesto. Pero ¿por qué…?

–Usted es periodista –Wyatt le pasó una hoja de papel–. Pero aunque no lo fuera, le exigiría que firmara este documento. Es de suma importancia para mí proteger la intimidad de mi familia. Tanto si acepta este trabajo como si no, tiene que firmar que no revelará lo que pueda ver u oír a partir de este momento, a nadie, ni siquiera a su madre. ¿Está claro?

Mientras ella leía el documento en el que se detallaban las consecuencias de revelar información de cualquier tipo, Wyatt contempló la cremosa piel que el escote de la blusa de seda dejaba entrever. Rápidamente, apartó los ojos.

–¿Alguna pregunta?

Leigh Foster enderezó la espalda y, con sus extraordinarios ojos, le dejó clavado en el asiento.

–Solo una, señor Richardson. ¿Podría prestarme un bolígrafo?

Leigh estampó su firma en la hoja de papel. Lo hizo con rapidez, para evitar que él notara el temblor de su mano.

El documento no era ningún problema; incluso sin él, jamás revelaría lo que esperaba averiguar. No obstante, eso no ayudó a calmar sus nervios. Lo principal era que Wyatt Richardson no se enterara del motivo por el que estaba ahí.

Sabía mucho más sobre ese hombre de lo que él podía imaginar. A pesar de la gorra de béisbol, habría reconocido sin esfuerzo al célebre personaje que había logrado que Dutchman´s Creek fuera un lugar conocido. En su juventud, había sido esquiador, había ganado varias medallas olímpicas y, entre eso y anuncios publicitarios, se había hecho rico. Al regresar a Colorado y afincarse allí, había comprado Wolf Ridge, un complejo turístico venido a menos cuya única clientela eran los esquiadores locales. Durante los últimos quince años había transformado el lugar en una estación de esquí que podía competir con Aspen y Vail en todo, excepto en tamaño.

Todo eso era del dominio público, descubrir detalles de su vida íntima había requerido exhaustas indagaciones. Pero lo que había averiguado confirmaba que necesitaba estar ahí ese día. No era seguro que fuera a conseguir que Wyatt Richardson la contratara de niñera, pero debía intentarlo.

En ese momento, todo dependía de cómo jugara sus cartas.

—¿Satisfecho? –Leigh le devolvió el documento–. No me interesa escribir ningún artículo, lo que quiero es un trabajo.

–De acuerdo. Charlemos un rato y a ver qué pasa –Wyatt Richardson se quitó la gorra y se pasó la mano por el espeso cabello salpicado de gris.

Debía de pasar de los cuarenta. Iba vestido con pantalones vaqueros y chaqueta de chándal gris, tenía cuerpo de atleta, fuerte y musculoso, y el rostro de rasgos pronunciados y quemado por el sol. Sus ojos eran sorprendentemente azules. El año que ganó una medalla de oro olímpica una revista le colocó entre los diez hombres más atractivos del mundo. Y no había perdido ese atractivo.

Era de todos conocido que se había divorciado hacía más de diez años. Debido a su virilidad y riqueza, las mujeres caían rendidas a sus pies, pero él era discreto en lo que a su vida íntima se refería; no obstante, en una comunidad pequeña como Dutchman Creek, siempre corrían los cotilleos. Pero eso era irrelevante, ella no estaba allí para convertirse en una conquista más de Wyatt Richardson. Aunque la idea le produjo un agradable picor en la entrepierna.

–Hábleme del bebé –dijo Leigh.

–Sí, el bebé –Wyatt respiró hondo, como si se preparara para una batalla–. Es de mi hija. Y mi hija tiene dieciséis años.

–¿Tiene usted una hija? –Leigh fingió sorpresa.

–Su madre y yo nos divorciamos cuando mi hija era pequeña. No la veía mucho. Pero ahora, por motivos en los que no vamos a entrar, Chloe y el niño viven conmigo.

–¿Y el padre del niño? –el pulso se le aceleró y la tensión le hizo ponerse tensa. Pero, con gran esfuerzo, logró mantener la expresión tranquila y serena.

–Chloe se niega a decir quién es. Lo único que me ha dicho es que eso es agua pasada. Imagino que será algún chico que conoció cuando ella y su madre vivían aquí. Pero si alguna vez le hecho el guante a ese pequeño sinvergüenza…–Wyatt cerró las manos en dos puños–. En fin, eso no es lo que más me preocupa. La cuestión es que Chloe insiste en quedarse con el niño, pero no tiene edad para ser madre. Mi hija es prácticamente una niña.

Los ojos de Wyatt Richardson se clavaron en ella. Entonces, añadió:

–La niñera que acepte este trabajo tiene que cuidar de dos niños, el bebé y la madre del bebé. ¿Lo ha comprendido?

Leigh volvía a respirar con normalidad.

–Le creo, señor Richardson.

–Bien. En ese caso, por favor, llámeme Wyatt. Y será mejor que nos tuteemos –Wyatt se puso en pie, agarró la cartera y se volvió a poner la gorra–.Bueno, vamos.

–¿Adónde? –respondió ella levantándose también.

–Voy a llevarte al hospital para que conozcas a Chloe. Si le gustas, te contrataré por dos semanas de prueba. Si no lográis entenderos, en esas dos semanas tendré tiempo suficiente para buscar otra niñera. Hablaremos del salario de camino al hospital.

Dos semanas, pensó Leigh mientras le seguía. Y si al final de esas dos semanas decidía no hacerla fija, al menos lograría ver al bebé.

–Tengo el coche detrás del edificio –él le sujetó la puerta para dejarla pasar delante.

El sol de octubre la cegó después de haber estado en el pequeño despacho pobremente iluminado. Más allá del pueblo, las montañas presentaban una amalgama de colores entre el verde amarillento de los chopos, el rojo de los arces y el verde oscuro de los pinos. La suave brisa portaba un susurro de invierno, un invierno que cubriría de nieve las montañas y atraería a los esquiadores.

Había imaginado que el coche de Wyatt era un deportivo, pero lo único que vio en el aparcamiento fue un enorme todoterreno negro de ruedas gigantes.

–Es el vehículo que utilizo en invierno –explicó él–. El que uso normalmente está en el taller, un problema de frenos.

Cuando Wyatt abrió la portezuela del coche, Leigh se dio cuenta de lo alto que estaba. Le iba a resultar imposible subirse ahí con la falda estrecha y los tacones que se había puesto para la entrevista. Debería haberse vestido con vaqueros y botas de montaña.

Leigh volvió la cabeza hacia atrás y le miró con expresión de reproche.

–Si no te importa…

La suave carcajada de él la sorprendió.

–Estaba esperando a que me lo pidieras. Si te hubiera agarrado sin más, habría corrido el riesgo de que me dieras una bofetada.

Entonces, Wyatt la levantó como si no pesara nada. Contuvo la respiración mientras esas fuertes manos la alzaban y la depositaban en el asiento de cuero. Siguió sintiendo el calor de esas manos mientras se abrochaba el cinturón de seguridad. Wyatt Richardson era un hombre irresistible y capaz de quitarle el sentido con solo clavarle esos increíbles ojos azules. Pero sabía que no debía intimar con él, Wyatt podía descubrir la verdad y eso le acarrearía muchos problemas.

Wyatt puso en marcha el motor y Leigh se recostó en el respaldo del asiento.

–Así que tu hija está en el hospital. ¿Cuándo ha dado a luz?

–Ayer por la mañana. Por lo que me han dicho, fue un parto fácil. Tanto ella como el niño están bien. Saldrán mañana del hospital.

–¿Y la madre de tu hija? ¿Ha estado con ella en el parto?

Wyatt hizo una mueca de disgusto.

–Su madre está en Chicago con su marido. Al parecer, están pasando por una crisis matrimonial. Por eso es por lo que metió a Chloe en un avión la semana pasada y la mandó a mi casa.

–Siento decirlo, pero me parece horrible.

–No seas demasiado severa con ella. La situación nos ha consternado a todos. Yo no sabía que Chloe estaba embarazada hasta que no la tuve delante de mí al abrir la puerta. Francamente, todavía no puedo creer lo que está pasando –tomó el desvío que conducía al hospital–. Ahora ya puedes hacerte idea de la situación. Chloe lo ha pasado muy mal. Y, aparte de contratar a alguien para que cuide del niño, no sé cómo ayudarla.

–Por lo menos, te preocupas por ella. Algo es algo.

Wyatt soltó una amarga carcajada.

–Eso díselo a Chloe. En su opinión, dejé de interesarme por ella hace quince años.

11

Wyatt aparcó en el aparcamiento del hospital. Después de rodear el vehículo, abrió la puerta de ella y le tendió los brazos. Leigh le puso las manos en los musculosos hombros y Wyatt, agarrándola por la cintura, la bajó al suelo. Pero al soltarla, sus miradas se encontraron.

–Bueno, vamos a entrar –dijo Wyatt después de apartar las manos de ella.

–¿Estabas aquí cuando nació el niño? –preguntó Leigh mientras recorrían unos pasillos camino a la zona de maternidad.

–Estaba en una reunión cuando nació el niño, pero vi a Chloe inmediatamente después. Le pusieron epidural y aún estaba grogui cuando me marché. Es posible que no recuerde que estuve aquí.

Wyatt se detuvo delante de una puerta entreabierta.

–Bueno, es aquí.

–Entra tú primero –dijo Leigh–. Yo esperaré aquí fuera hasta que le hayas explicado quién soy.

Tras darle las gracias, Wyatt enderezó los hombros, golpeó la puerta suavemente con los nudillos y entró en la habitación.

Chloe estaba sentada en la cama con un espejito en la mano, maquillándose los ojos. Con esa mata de rizos castaños, parecía una niña pequeña jugando con las pinturas de su madre. ¿Cómo podía esa niña ser madre?

–Hola, cielo –dijo él.

–Hola, papá –respondió Chloe con voz tensa.

Wyatt carraspeó.

–Me han dicho que tienes un niño precioso. ¿Cómo te encuentras?

–¿Tú qué crees? –Chloe giró el tapón del tubo de rímel–. He enviado unos mensajes a mis amigas y me han dicho que van a venir a ver al niño. Por cierto, se llama Michael. De momento, Mikey.

–¿Has llamado a tu madre?

–Le he enviado un mensaje al móvil –contestó Chloe encogiéndose de hombros–. Está de camino a Nueva York con Andre. Creo que Andre expone en una galería.

–¿Y no va a venir a ver al niño?

–¿Por qué iba a hacerlo? Mamá no quiere ser abuela. Además, no la necesito –Chloe agarró una barra de carmín y se la pasó por su boca en forma de arco.

Wyatt se sentó en una silla.

–Tenemos que hablar, Chloe.

–¿De qué? –la chica le miró con precaución, como preparándose para una pelea–. Ya te he dicho que me voy a quedar con el niño.

Sí, se lo había dejado muy claro, a pesar de que él se había mostrado contrario a la idea y le había explicado por qué. Pero no iba a insistir en ese momento, su hija parecía muy cansada.

–Lo comprendo. Y ya sabes que mi casa es tu casa y la de Mikey. Pero ¿y el resto? ¿Has cuidado alguna vez de un bebé?

Los ojos azul cielo de Chloe se clavaron en él inexpresivamente.

–Para empezar… ¿vas a amamantarle?

Chloe agrandó desmesuradamente los ojos.

–¿Yo? ¡De ninguna manera! No voy a pasarme el

resto de la vida con el pecho caído. Y quiero seguir con mi vida normal, papá. Quiero quedarme con el niño, pero no esperes que vaya a quedarme en casa con él todo el tiempo. Tan pronto como me compres un coche, voy a ir a…

–Lo del coche puede esperar –la interrumpió Wyatt manteniendo la calma–. Entretanto, tienes un niño al que cuidar. ¿Sabes cómo cambiar un pañal?

Chloe se lo quedó mirando con expresión de incredulidad.

–¡Por favor, papá! ¿Para qué crees que está la niñera que vas a contratar?

Desde el otro lado de la puerta entreabierta, Leigh lo oyó todo. Ahora comprendía por qué le había dicho que iba a tener que cuidar de dos niños. Y Chloe parecía problemática. Solo el niño le impidió darse media vuelta y salir corriendo de allí.

A los pocos segundos, Wyatt salió de la habitación. Una profunda frustración se dibujada en su expresión.

–Siento que hayas tenido que oír eso –murmuró él.

–Me alegro de haberlo oído.

Siguiéndole, Leigh entró en la habitación. Chloe estaba sentada, recostada en las almohadas. Parecía una muñeca estilo Shirley Temple.

–Chloe, esta es la señorita Foster –dijo Wyatt–. A menos que tengas alguna objeción, voy a contratarla para que sea la niñera de tu hijo.

La chica la miró detenidamente. Después, lanzó una rápida mirada a su padre, pero él estaba respondiendo a un mensaje al móvil.

–Bien. Servirá –respondió la chica tratando de emplear un tono autoritario.

–Gracias –respondió Leigh escuetamente.

Chloe desvió los ojos hacia la puerta, una enfermera había aparecido con el niño en los brazos.

–Mis amigas van a venir a conocer a Mikey. Van a llegar en cualquier momento.

–No te preocupes, ya nos íbamos –Wyatt se acercó a la puerta después de que entrara la enfermera.

–¡Un momento! –dijo Leigh aprovechando la oportunidad–. Chloe, como voy a ayudarte a cuidar al niño, ¿te importaría que lo tuviera en los brazos un momento?

–Me da igual.

A Leigh se le encogió el corazón cuando la enfermera depositó al bebé en sus brazos. Era tan pequeño, apenas pesaba. Casi sin poder respirar, abrió los bordes de la manta para destapar el diminuto rostro. El pequeño Mikey era precioso, con los ojos azules y los rizos de su madre. Pero se fijó en los otros rasgos: nariz aguileña, barbilla cuadrada, orejas algo despegadas y cejas rectas.

Leigh hizo un gran esfuerzo para contener las lágrimas. No había duda, en los brazos tenía al niño de su hermano.

Capítulo Dos

Con miedo a que la emoción la desbordara, Leigh se volvió a Wyatt.

–Toma al niño, ahora te toca a ti –y dejó al pequeño en los brazos de él.

Wyatt sujetó al niño alejándolo de su cuerpo como si fuera un nido de abejas. Su expresión era una máscara estoica.

Leigh disimuló su consternación y se recordó a sí misma que Wyatt no había tenido nada que ver con la llegada al mundo del pequeño. No obstante, no estaría de más que mostrara algo de afecto.

También notó que Chloe estaba mirando a su padre con el bebé. ¿Qué sentía en esos momentos? ¿Tristeza? ¿Preocupación? ¿Remordimiento? Imposible saberlo. Sintiera lo que sintiese, estaba muy callada.

Leigh suspiró. La tarea que tenía por delante no iba a ser fácil, quizá hasta fuera imposible. Pero en el tiempo del que dispusiera, iba a hacer lo que estuviera en sus manos para ayudar a esas personas a formar una familia.

Wyatt miró el diminuto rostro. El bebé tenía los ojos de Chloe y también sus rizos y la boca en forma de corazón, pero otros rasgos le resultaban ajenos. Los rasgos del chico desconocido que se había aprovechado de su hija.

El chico que había desviado el rumbo de la corta vida de Chloe.

De haber sabido desde el principio que su hija estaba embarazada, ¿la habría animado a no tener el bebé? Chloe era su única hija, y había esperado que fuera a la universidad, que después se casara y tuviera hijos en su momento. Pero era demasiado tarde. El bebé estaba ahí y ella parecía decidida a criarle.

¿Conseguiría ayudar a su hija? ¿Tendría la paciencia necesaria para apoyar a su hija y a su nieto?

Quizá sintiendo su tensión, el bebé empezó a llorar y a él se le hizo un nudo en el estómago. Y ahora… ¿qué? No sabía qué hacer con un bebé, y menos con uno que lloraba.

–Toma, a ver si puedes hacer algo con él.

Wyatt devolvió el niño a Leigh. De soslayo vio a Chloe dar un respingo. Algo pasaba. Pero fuera lo que fuese, no sabía qué hacer al respecto. Se sentía completamente perdido.

Leigh acunó al pequeño y este dejó de llorar al tiempo que, con la boca, buscaba algo que chupar instintivamente. Ella le acarició la sedosa cabeza. Qué dulce y vulnerable era. ¿Cómo iba a poder hacer ese trabajo sin dejarse en él el corazón?

Las exclamaciones de unas alegres adolescentes quebraron el silencio.

–¡Chloe! ¿Es ese el niño?

–¡Dios mío, qué pequeño!

–¡Deja que lo sostenga!

Tres bonitas y bien vestidas chicas cargadas de regalos y bolsas que dejaron a los pies de la cama inundaron la habitación. Con un suspiro de alivio, Leigh dejó al niño en los brazos de una de ellas. Entonces, miró a Wyatt, que a su vez le indicó la puerta con un gesto de la cabeza. Había llegado el momento de que los adultos se marcharan.

–Te noto algo nerviosa. ¿Te apetece un café?

–Sí, gracias. Supongo que los dos estamos algo desconcertados –las piernas le temblaban. Por suerte, la llegada de las amigas de Chloe había evitado que perdiera la compostura.

Era el hijo de Kevin. Su sobrino. Y no podía decírselo a nadie. Su hermano, aún adolescente, y ella, siempre habían estado muy unidos. La primavera pasada Kevin le había confesado que había dejado embarazada a una chica: «Se llama Chloe Richardson. Su padre es el dueño de Wolf Ridge y ella va a ese colegio privado tan caro. Me envió un mensaje al móvil para decirme que estaba embarazada. Yo le contesté que contara conmigo para todo, pero ella me dijo que lo olvidara porque iba a abortar. Me dijo que se iba a vivir lejos y que no quería volver a saber nada de mí. Por favor, Leigh, prométeme que no se lo dirás a mamá».

Leigh había mantenido la promesa, con la creencia de que no se volvería a saber nada del asunto. Pero unos días atrás, mientras hacía corrección de pruebas de los anuncios del periódico, se encontró con que Wyatt Richardson requería los servicios de una niñera. Una discreta llamada al hospital confirmó sus sospechas.

Por supuesto, Kevin no debía enterarse de nada. Después de una prolongada temporada de problemas típicos de la adolescencia, ahora, por fin, se estaba centrando y pensando en los estudios y la universidad. Saber que tenía un hijo podía descarriar de nuevo al impulsivo chico. Ella no podía permitir que eso ocurriera. Pero quería, necesitaba, hacer lo posible por el hijo de Kevin.

–Bueno, ya estamos aquí –Wyatt abrió la puerta de la cafetería del hospital–. Nada extraordinario, pero el café es bueno.

Eligieron una mesa y ella se sentó mientras Wyatt iba a por los cafés. Pronto volvió con dos humeantes tazas, servilletas, cucharillas, leche y azúcar.

–Bueno, ¿qué te parece la situación? –le preguntó Wyatt, mirándola fijamente, después de sentarse.

Leigh pensó la respuesta mientras echaba leche al café y lo removía con la cuchara.

–El niño es una preciosidad. Pero tengo la impresión de que tu hija está muy asustada. Va a necesitar mucha ayuda.

–¿Estás dispuesta a proporcionársela tú?

Leigh le observó por encima del borde de la taza. Vio a un hombre de éxito, pero también vio a un hombre cansado. Vio un padre que no sabía qué hacer con su hija y ella sabía lo que él esperaba oírle decir. Pero tenía que ser honesta.

–En el supuesto de que el trabajo sea mío, haré lo que esté en mis manos por apoyar a Chloe. Pero dejemos las cosas claras, Wyatt, mi trabajo consiste en cuidar del bebé. Chloe es tu hija. Si lo que quieres es evadir tus responsabilidades como padre y dejar que las asuma yo, los dos traicionaremos a Chloe. ¿Me he explicado?

Durante un instante, Wyatt pareció como si hubiera recibido un latigazo. ¿Se había sobrepasado?

–Bien, no tienes miedo de decir lo que piensas. Con Chloe, eso está bien.

–¿Y? ¿Qué contestas a lo que te he dicho?

–Te he oído y he tomado nota. Ya veremos qué pasa –Wyatt se sacó un bolígrafo del bolsillo y escribió algo en una servilleta de papel–. Este es el salario semanal que estoy dispuesto a pagar. Espero que sea suficiente.

Wyatt le pasó la servilleta y ella agrandó los ojos. El salario era el doble de lo que había esperado.

–Es una cantidad... muy generosa –murmuró Leigh.

–Espero que te ganes hasta el último céntimo. Hasta que Chloe se acople a su nueva vida, se necesitarán tus servicios veinticuatro horas al día los siete días de la semana. Después, ya hablaremos del horario y de los días libres. Dentro de unos días haré que preparen un contrato definitivo, que también incluirá el documento que has firmado. ¿De acuerdo?

–De acuerdo –Leigh se sentía como si se hubiera vendido, pero lo hacía por el bebé de Kevin–. Bueno, ¿cuándo quieres que empiece?

–¿Te parece bien ahora mismo? Hay que arreglar un cuarto para el niño. Quería haberlo hecho antes de que naciera, pero Chloe no conseguía decidir cómo lo quería. Ya no puede esperar más, así que tendrás que decidir por ella. Esta mañana he abierto una cuenta en la tienda para bebés Baby Mart. Te llevaré a tu coche para que así vayas a la tienda y compres todo lo que el niño pueda necesitar: ropa, pañales, biberón, cuna...

Lo que compres lo enviarán a mi casa esta tarde –Wyatt se levantó de la silla, todo energía e impaciencia–. Después, dispondrás de un par de horas para presentar tu dimisión en el periódico, hacer las maletas y venir a mi casa.

–¿Quieres que me instale en tu casa esta misma noche?

–Si Chloe y el niño vienen mañana, tenemos que tener el cuarto del niño listo. ¿Sabes dónde vivo?

–Sí –respondió Leigh.

A nadie que pasara por Wolf Ridge podía pasarle desapercibida la majestuosa casa de madera y cristal en lo alto de una rocosa colina que dominaba el complejo turístico. Llegar ahí no debía resultarle ningún problema, ni siquiera de noche. Pero no pudo evitar sentir inquietud.

Wyatt Richardson era un hombre de origen humilde que había conseguido todo lo que tenía a base de fuerza de voluntad. Apenas habían acordado que trabajaría para él cuando, de repente, Wyatt se estaba apropiando de su vida, dándole órdenes como si la hubiera comprado.

Ya que era su jefe, tendría que recibir órdenes, pero solo hasta cierto punto. Ella era una persona independiente que no se iba a dejar mangonear. Además, ella iba a hablar por Mikey, iba a protegerle a toda costa.

El niño de Kevin había nacido en el seno de una familia en la que su madre era una adolescente inmadura, su abuela una inconsciente y su abuelo un hombre que no había querido que naciera y cuya responsabilidad prefería transferirla a una persona contratada. Wyatt parecía negarse a reconocer la existencia de su nieto; ni siquiera le llamaba por su nombre, se refería a él como «el niño».

Ella debía esforzarse por cambiar la situación. Esperaba tener la sabiduría y la fortaleza suficientes para lograrlo.

Wyatt trató de ignorar las cálidas curvas de Leigh mientras la alzaba para ayudarla a entrar en el vehículo. El discreto aroma a limpio de ella le excitó. Las largas piernas cubiertas con unas medias le pasaron por delante de los ojos y las imaginó rodeándole la cintura.

¿Qué le pasaba? ¿No tenía ya bastantes problemas con Chloe y el niño? ¿Necesitaba más complicaciones?

No tenía problemas para encontrar una mujer dispuesta a acostarse con él. ¿Por qué ese deseo por Leigh?

Wyatt cerró la portezuela, rodeó el coche y se sentó al volante. Leigh se había abrochado el cinturón de seguridad y estaba tirándose de la falda para cubrirse las preciosas rodillas.

–Solo para que lo sepas –dijo él apartando los ojos de las piernas de Leigh–, utilizamos ropa cómoda e informal en la casa. Lo digo para que lo tengas en cuenta al hacer el equipaje.

–Bien, llevaré vaqueros y zapatillas deportivas entonces –Leigh lanzó una forzada carcajada–. Supongo que a tu nieto le dará igual lo que lleve puesto.

–¡Mi nieto! Por favor, no me lo recuerdes. No consigo hacerme a la idea.

–En este asunto, lo importante no eres tú, sino un

niño inocente que va a necesitar mucho cariño y una adolescente que es madre. Vas a tener que apoyarlos a los dos.

«¿No es para eso para lo que te he contratado?». Pero Wyatt no enunció la pregunta. Leigh parecía tener una opinión inamovible en lo que a la responsabilidad familiar se refería. Sin embargo, ¿no estaba él haciendo ya más que suficiente? ¿No había abierto las puertas de su casa a Chloe y a su hijo, no iba a mantenerles, no había contratado a una niñera?

Cuando estaba casado y vivía con Tina, esta se había quejado constantemente de que él nunca estaba en casa. ¡Pero qué demonios, había estado trabajando para mantener a su mujer y a su hija!

Las había mantenido incluso después del divorcio. Le había regalado a Tina una casa de un millón de dólares, les había pasado una más que generosa mensualidad y siempre se había acordado de enviar regalos por navidad y por sus cumpleaños, regalos que no se habría podido permitir de no haber trabajado tanto.

¿No era suficiente todo lo que había hecho? ¿Era justo que ahora tuviera que encargarse de una mimada adolescente y del hijo de esta para que Tina pudiera viajar por ahí con su marido de veintisiete años?

—Ese es mi coche —Leigh señaló una vieja ranchera aparcada delante de la oficina que había utilizado para las entrevistas.

Con solo una mirada se dio cuenta de que ese coche no iba a ascender la carretera del cañón en invierno. Tendría que conseguirle otro vehículo antes de que cayera la primera nevada del año.

Wyatt salió del vehículo, lo rodeó y fue a ayudar a

Leigh a bajarse del coche. Ella se inclinó hacia él, pero el tacón se le atascó en la esterilla del coche, perdió el equilibrio y se abalanzó sobre él.

Wyatt consiguió evitar que Leigh se cayera. Durante un instante, ella se aferró a su cuello y, con la falda subida, le rodeó la cintura con una pierna. Poco a poco, la mujer fue deslizándose a lo lardo de su cuerpo. Él contuvo un gruñido cuando su miembro respondió a la deliciosa sensación de aquellas curvas pegadas a él.

El repentino jadeo de Leigh le reveló que había notado su respuesta. La vio agrandar los ojos y notó sus enrojecidas mejillas. Por fin, con los pies en el suelo, Leigh se apartó de él. Se miraron, ambos jadeantes. Ella se alisó la falda.

—Perdón —murmuró ella—. No te he hecho daño, ¿verdad?

—No.

—Me temo que voy a necesitar mi otro zapato —dijo Leigh, sosteniéndose sobre una pierna.

Wyatt agarró la alfombrilla del coche y el zapato, también el bolso de cuero de ella. Leigh agarró ambos y se puso el zapato.

—¿Todo bien? —preguntó Wyatt.

—Sí. Bueno, iré directamente a Baby Mart y de allí a mi casa. Supongo que llegaré a tu casa al anochecer.

—Cenarás conmigo. Y no olvides no mencionar a nadie lo del Chloe y el niño —Wyatt se sacó de la cartera una tarjeta y anotó en el reverso el número de su móvil—. Si tienes algún problema o necesitas consultarme algo, llámame a este número.

—Bien —respondió Leigh, y se dirigió directamente a su coche.

Wyatt volvió a subirse al suyo y se encaminó hacia la carretera que le alejaría del pueblo. Apenas había recorrido dos manzanas cuando vio a unos trabajadores del ayuntamiento taladrando el asfalto para arreglar lo que parecía una tubería de agua rota. Había un cartel con una flecha que indicaba un desvío, dirigiendo el tráfico a una pequeña calle.

Dobló a la derecha, siguiendo la dirección del desvío y tardó unos segundos en darse cuenta de dónde estaba. Una náusea le subió a la garganta. Evitaba aquella calle. Demasiados recuerdos y todos desagradables.

La mayoría de los recuerdos eran de una casa en mitad de la calle, a la izquierda. Con la pintura descascarillada y el jardín delantero lleno de malas hierbas, estaba prácticamente igual que cuando él vivía allí. Apartó la mirada al pasar por la casa, pero lo que había visto era suficiente para avivar un recuerdo, uno de los peores.

Tenía doce años y acababa de volver a su casa después de su primer trabajo, barrer la tienda de ultramarinos de la esquina, una noche de verano. El propietario de la tienda, el señor Papanikolas, le había dado dos dólares, un cartón de leche caducada y una barra de pan para que se los diera a su madre. No era mucho, pero todo ayudaba.

Se le había secado la garganta al ver el viejo coche de su padre aparcado delante de la casa. Su padre debía haber ido a por dinero para el whisky barato que bebía. No solía ir por la casa, pero sabía el día en que a su mujer le pagaban en el motel. Si su madre le daba el dinero, no tendrían nada para comer durante las dos semanas siguientes.

Wyatt había tenido la tentación de quedarse fuera, sobre todo al oír las furiosas maldiciones de su padre. Pero no había podido dejar a su madre sola. Era menos probable que su padre la hiciera daño si él estaba presente.

Después de dejar el pan y la leche en el porche, entró en la casa. A la luz de una sola bombilla, vio a su madre acurrucada en una esquina del sofá, tenía sangre en el rostro y los ojos hinchados. Su padre, un hombre corpulento, estaba al lado del sofá, delante de ella, con las manos cerradas en dos puños.

–¡Dame el dinero, perra! –había gritado su padre–. ¡Dámelo o no saldrás nunca de esta casa por tu propio pie!

–¡No le pegues! –había gritado Wyatt sacándose los dos dólares del bolsillo–. ¡Toma este dinero y márchate!

–¡Apártate de mi camino, niñato! –tras dar un manotazo a Wyatt para apartarle, había alzado un puño para volver a pegar a su mujer. Entonces, Wyatt agarró una silla de madera y, con la fuerza de un niño de doce años, le dio a su padre con la silla en la cabeza.

El golpe podría haber tenido consecuencias mucho más graves, pero solo sirvió para desviar la furia de su padre hacia él. Lo último que Wyatt recordaba antes de perder el conocimiento fueron los correazos que su padre le dio en todo el cuerpo y los gritos de su madre.

Wyatt apartó esas imágenes de su mente y giró a la izquierda, siguiendo las indicaciones del desvío hacia la carretera principal. Su padre se había llevado el dinero aquella noche y él, mientras su madre le curaba las heridas, le había prometido que sus vidas iban a cambiar, que un día sería lo suficientemente rico para comprarle todo lo que hasta ese momento le había faltado. Y también le prometió que no volvería a tener que fregar ni un suelo ni un retrete más.

Y había cumplido su promesa con creces. Pero su madre no había vivido para verle recibir la medalla olímpica ni sus éxitos consecutivos. Había muerto de cáncer cuando él aún estudiaba en el instituto.

Su padre había ido a la cárcel por matar a un hombre en una reyerta en un bar. Años más tarde, aún en prisión, murió de un infarto.

Wyatt no había asistido a su funeral.

Había dejado atrás aquella vida, se había reinventado a sí mismo y no se parecía en nada a su padre.

Entonces, ¿por qué le resultaba tan difícil tratar con su hija?

No era porque no quisiera a Chloe, claro que la quería. Jamás le había negado nada. Siempre le había comprado todo lo que se le antojaba y jamás, jamás, le había puesto la mano encima. Pero ahora se daba cuenta de que a pesar de todos sus esfuerzos y de todo lo que le había comprado, no tenía la menor idea de cómo educar a una hija.

Capítulo Tres

Al tomar la carretera secundaria, Leigh encendió los focos largos del coche. Hasta ahora no había tenido problemas para encontrar la casa de Wyatt, pero la noche era muy oscura y los pinos que flanqueaban el camino formaban dos sólidas barreras cerrando la vista.

Había tenido previsto llegar antes, pero todo le había llevado más tiempo del esperado: primero las compras en Baby Mart; después, se había pasado por el periódico para decirle a su jefe que lo dejaba; a continuación, había ido a su casa.

Kevin y su madre habían estado con ella en su habitación mientras hacía el equipaje. Le habían preguntado qué pasaba. Ella les había respondido, sin dar detalles, que se trataba de un trabajo del que no podía decir nada, pero que estaba todo bien y que se mantendría en contacto con ellos; de necesitarla para algo, podían llamarle al móvil.

No le gustaba andarse con secretos con su familia, pero no había otro remedio. El niño de Kevin la necesitaba y estaba dispuesta a hacer lo que fuera por el pequeño Mikey.

Pero los nervios la tenían en tensión. Estaba subiendo una montaña para irse a vivir a la casa de un hombre que apenas conocía, un hombre que hacía que le subiera el pulso con solo una mirada.

No obstante, Wyatt, quince años mayor que ella, era lo último que debía preocuparla. En el bolso tenía un libro que había comprado con su dinero, un libro sobre la crianza de bebés. Su experiencia solo alcanzaba a cambiar pañales y a dar algún biberón.

Una vez que la habitación de Mikey estuviera lista, tenía pensado pasar el resto de la noche leyendo el libro que había comprado.

Continuó ascendiendo por la serpenteante carretera. Le pareció que había transcurrido una eternidad hasta que, por fin, se encontró delante de una cuesta rocosa. En la cima, vio una casa con las ventanas encendidas.

Unos minutos después se encontró delante de la casa. Al salir del coche vio a Wyatt, en lo alto de los escalones de piedra del porche, cruzado de brazos.

–¿Cómo es que llegas tan tarde? ¿Por qué no has llamado? –le preguntó como a una quinceañera.

–Lo siento. El móvil se ha quedado sin batería y todo me ha llevado más tiempo del que pensaba. Ni siquiera me ha dado tiempo a cambiarme de ropa –Leigh se miró el traje arrugado y los pies hinchados aún con los tacones.

Abrió el maletero para sacar su maleta, pero Wyatt se le adelantó. Agarró la maleta sin esfuerzo y la llevó al vestíbulo de la casa.

–¿Han enviado ya las compras que he hecho en Baby Mart? –preguntó Leigh.

–Sí, llegaron hace un par de horas. Le pedí al hombre que ha traído las compras que montara la cuna, pero el resto aún está en las cajas, así que tendrás que ocuparte tú de todo lo demás.

–¿No hay nadie aquí que pueda ayudarme? –Leigh había esperado ver una o dos empleadas de hogar.

Wyatt arqueó las cejas.

–No, estamos los dos solos. La cena está en el horno para que no se enfríe. Supongo que tendrás hambre.

–Estoy muerta de hambre –respondió Leigh con sinceridad–. ¿Has cocinado tú?

–No, claro que no. Cuando quiero una comida de verdad, me la traen del restaurante del hotel. Esta noche tenemos lasaña –Wyatt dejó la maleta en el suelo–. Vamos a cenar primero y luego llevaremos las cosas a tu habitación.

Wyatt la hizo adentrarse en la enorme estancia de techos altos y vigas vistas. La pared que daba al norte, con vistas al complejo turístico, era de cristal y no necesitaba persianas, era imposible ver nada desde los pies de la cuesta.

En la chimenea, los leños se habían carbonizado y el calor era agradable. Después de quitarse los zapatos, se quitó la chaqueta del traje, la dejó encima de la maleta y siguió a Wyatt. A la derecha vio una zona comedor, pero al parecer iban a cenar en la iluminada cocina en la que había una mesa con tablero de acero y servicio para dos.

Wyatt la invitó a sentarse a la mesa y sacó una bandeja del horno. Sobre la mesa había ensalada, una barra de pan, una botella de clarete y dos copas.

–Yo serviré el vino y tú la comida –Wyatt le pasó una espátula–. Puede que la lasaña esté algo pasada.

–Es culpa mía por llegar tarde. Lo siento.

Leigh sirvió la lasaña. No parecía pasada y olía a gloria.

–Come todo lo que quieras. Montar el cuarto del niño nos va a llevar bastante tiempo.

–¿Vas a ayudarme?

–Sí. Al menos con las cosas pesadas. Pero tú te encargarás de organizarlo todo. Ah, y tendrás que cambiarte y ponerte ropa más cómoda.

–Sí, claro –sintió calor en las mejillas ante la prolongada mirada de él. Esa blusa de seda siempre le había quedado algo justa. Decidió cambiar de conversación rápidamente–. Me resulta difícil creer que no tengas a nadie a tu servicio en una casa tan grande; además de mí, por supuesto.

–¿Te refieres a un mayordomo, un chófer y una cocinera? –los ojos azules de Wyatt brillaron–. Has visto demasiada televisión. Me volvería loco rodeado de empleados en mi casa. Además, sé poner un lavavajillas, abrir la puerta por mí mismo y conducir. Los miércoles viene un equipo de limpieza del hotel y me hacen la casa. Me gusta la tranquilidad.

Leigh bebió un sorbo de vino y comió ensalada. No era el momento de recordarle a Wyatt que su paz y tranquilidad estaban a punto de acabar.

Su habitación estaba en el segundo piso. Al igual que el resto de la casa, la decoración era rústica, viril y cómoda. Un edredón estilo europeo cubría la cama doble. Encima del suelo de madera había una alfombra tibetana hecha a mano. Las persianas de madera cubrían las altas ventanas. Una de las paredes estaba cubierta de fotografías en blanco y negro del Himalaya, en una se veía a Wyatt con barba acompañado de dos serpas.

Mientras se quitaba la blusa, la falda y las medias, se sintió vigilada por esos ojos de la fotografía. Tendría que hacer algo al respecto.

Una de las puertas de la habitación daba al cuarto del niño, a rebosar de cajas y bolsas de Baby Mart. Se subió la cremallera de los pantalones, se puso una chaqueta de chándal y se preparó para la batalla. Menuda noche le esperaba.

Wyatt había desembalado una mecedora de roble y estaba poniendo un cojín en el asiento. Alzó la vista cuando ella entró descalza en la habitación.

—Mucho mejor —dijo él contemplando su atuendo—. ¿Y los zapatos?

Leigh movió sus hinchados pies.

—Demasiadas horas con los tacones. Tengo los pies deshechos.

Wyatt se incorporó y le indicó un asiento.

—Siéntate. Vamos a hacer algo con esos pies.

—Necesitamos arreglar todo esto —dijo ella tras vacilar unos segundos.

—Siéntate. Es una orden.

Leigh acabó obedeciendo. Si él quería darle un masaje en los pies, ¿por qué discutir?

Wyatt se puso de cuclillas y le agarró un pie.

—Con todas las lesiones que he sufrido haciendo deporte, he aprendido algún truco que otro.

Las fuertes manos le masajearon los tendones y los músculos. El dolor comenzó a desaparecer y ella a relajarse. Una deliciosa sensación le subió por la pierna. Cerró los ojos y de sus labios escapó un suave gemido.

—Mucho mejor, ¿verdad? —comentó él con una suave risa.

–Mmm. Podrías ganarte la vida dando masajes.

Leigh comenzó a adentrarse por caminos prohibidos, imaginando esas manos en otras zonas de su cuerpo. Llevaba once meses sin tener relaciones sexuales, desde que rompió con el novio con el que había creído que iba a casarse. Ahora, su cuerpo se despertaba al contacto con Wyatt. No podía dejar de pensar que estaban solos y había una cama doble en la habitación contigua…

¡Qué ocurrencia! Acostarse con Wyatt era una locura. Cuanto más intimaran más difícil le resultaría ocultar el motivo que la había llevado allí.

Se obligó a volver a la realidad. Al abrir los ojos, sorprendió a Wyatt mirándola. Enrojeció al instante. ¿Había adivinado Wyatt sus pensamientos?

–¿Qué te parece tu habitación? –preguntó él, interrumpiendo el silencio–. ¿Crees que estarás bien ahí?

–Sí, es estupenda. El problema es que me va a costar levantarme de esa cama por las mañanas.

–Ha sido Chloe quien ha elegido tu habitación. Quería que estuvieras al lado de la del niño, por si se despierta en mitad de la noche.

–¿Dónde va a estar Chloe?

–Abajo, en su habitación. Dice que no quiere que el niño se ponga a llorar y la despierte.

Leigh se mordió la lengua para no contestar. Al fin y al cabo, el problema era con Chloe, no con su padre.

–Apuesto a que sé lo que estás pensando y no te lo reprocho –Wyatt pasó a masajearle el otro pie–. Pero, de momento, no quiero que seas dura con la chica. Dale tiempo para que se recupere, física y emocionalmente. Cuando llegó el momento en que su madre tuvo que elegir entre su marido y su hija embarazada, Chloe se encontró camino del aeropuerto. Y eso después de arreglárselas ella sola con el embarazo –la presión de los dedos de Wyatt se hizo más fuerte–. Si alguna vez me encuentro con el irresponsable que se aprovechó de mi hija y luego la dejó tirada…

–Creo que será mejor que nos pongamos ya a trabajar –Leigh apartó el pie y se levantó, en cualquier momento podía estallar si Wyatt continuaba atacando a su hermano.

Kevin se había ofrecido a ayudar a Chloe. Según Kevin, todo había ocurrido después de una fiesta, los dos bastante borrachos. Sin estar enamorados. Sin que él se aprovechara de ella. Solo dos adolescentes sin pensar en las consecuencias.

Pero el resultado del irresponsable acto era un pequeño milagro al que había sostenido en sus brazos aquella mañana.

Por supuesto, no podía explicarle eso a Wyatt, ni en ese momento ni quizás nunca.

Agarró una de las cajas y comenzó a sacar sábanas de cuna, toallas y almohadones.

–Tenemos que lavar esto antes de usarlo –dijo ella–. Si me dices dónde está la lavadora…

–El cuarto de lavar está al lado de la cocina, lo verás al bajar las escaleras. Entretanto, yo continuaré deshaciendo las cajas y amontonando el cartón para el reciclaje. Pero lo ordenarás tú.

–Gracias.

Leigh se encaminó al piso de abajo. Necesitaba alejarse de Wyatt y la colada le había ofrecido la excusa perfecta. Wyatt había ganado una medalla olímpica y había construido uno de los mejores complejos turísticos de esquí de ese Estado, pero su personalidad y magnetismo eran agotadores emocionalmente. Y la atracción física que ejercía sobre ella complicaba las cosas.

Todo sería más fácil al día siguiente, cuando el niño estuviera allí. Podría centrarse en él.

Wyatt estaba solo en la terraza del segundo piso. A pesar de haber estado ayudando a Leigh a preparar el cuarto del niño, no estaba cansado. Hacía dos horas que habían acabado y se encontraba demasiado inquieto para dormir.

Leigh había sido todo eficiencia, todo trabajo. Ni una indicación más del atractivo físico entre los dos mientras le masajeaba los pies.

Una rodaja de luna se alzó por encima del cañón. Muy abajo, más allá de la arboleda, las luces del complejo turístico se comparaban con una alfombra de piedras preciosas. Los colores del otoño atraían al público, que llenaba los hoteles, las tiendas y los restaurantes. Y el invierno llegaría pronto. Su equipo ya estaba inspeccionando las pistas y los telesillas con el fin de tenerlo todo preparado para la primera gran nevada.

Una suave brisa con olor a invierno le acarició el rostro. Le encantaba esa época del año y los cambios que prometía. Pero los cambios en su vida en ese momento era algo por lo que nunca había pasado.

Leigh tenía razón, Chloe iba a necesitarle. Pero ¿cómo iba a cuidarla, a educarla y a darle el apoyo que necesitaba? De su padre solo había recibido palizas y ninguna educación. ¿Y si no sabía ser padre? Era ese el miedo que le había mantenido siempre a distancia de Chloe. No conocía a su hija, nunca había establecido una relación íntima con ella. ¿Podría conseguirlo ahora? ¿Por dónde empezar?

El cansancio acumulado le golpeó de repente. Hora de descansar. Era tarde y al día siguiente tenía que ir al hospital para recoger a Chloe y al niño y traerlos a la casa. Iba a ser un día muy ajetreado.

Entró en la casa y se dirigió a las escaleras. Pero, en el oscuro pasillo notó una rendija de luz, debajo de la puerta cerrada del dormitorio de Leigh. Era la una y media de la madrugada. ¿Y si le ocurría algo? ¿Y si estaba enferma o tenía algún problema?

Se detuvo delante de la puerta y aguzó el oído; después, dio unos suaves golpes. Al no obtener respuesta, abrió.

La lámpara de la mesilla de noche estaba encendida y Leigh se encontraba recostada en dos almohadas, profundamente dormida. Encima de la cama vio un libro, que debía habérsele caído a Leigh de las manos. Se acercó y vio que era un libro dedicado al cuidado de los bebés.

Leigh se había dormido preparándose para su trabajo. Lo que significaba que no tenía experiencia.

Wyatt sonrió. No iba a despedirla, pero iba a hacerle saber, discretamente, que había descubierto su pequeña mentira.

Wyatt agarró el libro, lo colocó encima de la mesilla de noche, apagó la lámpara y salió del dormitorio.

Capítulo Cuatro

Leigh abrió un ojo, miró el reloj sobre la mesilla de noche y gruñó. Las siete y media. ¡Cómo se le ocurría despertar tarde justo ese día!

Al poner los pies en el suelo vio el libro encima de la mesilla. ¿Cuántos capítulos había leído antes de dormirse? ¿Y qué recordaba de lo que había leído en esas páginas? Esperaba tener tiempo suficiente para repasar mientras Wyatt iba a recoger a Chloe y al niño.

Se estaba apartando de la cama cuando se dio cuenta de que no recordaba haber cerrado el libro y dejarlo encima de la mesilla de noche. Y, desde luego, no había apagado la luz. Alguien había entrado en la habitación mientras dormía y ese alguien ahora estaba enterado de su falta de experiencia.

No era la manera mejor de empezar un trabajo.

El olor a café recién hecho se filtró por la rendija de la puerta. La ducha tendría que esperar. Lo primero que debía hacer era bajar y convencer a Wyatt de que lo tenía todo bajo control.

Se puso unos vaqueros y un jersey de cuello de cisne, se echó agua en la cara, se cepilló los dientes y, con rapidez, se pasó el peine. De momento, eso era todo.

Aún descalza, siguió el aroma a café escaleras abajo hasta la cocina. Wyatt estaba sentado a la mesa con una taza. Iba vestido con vaqueros y un jersey de cachemira azul que hacía juego con sus ojos. Esos mismos ojos que la repasaron de pies a cabeza.

–El café está en el mostrador –dijo él en tono amistoso–. Te he sacado una taza. ¿Has dormido bien?

–Demasiado bien. Esa cama de plumas es indecente.

–¿Qué tal los pies? Hoy vas a necesitar algo de calzado.

–Están bien –Leihg olfateó el fragante aroma–. ¿La leche?

–En el frigorífico. Si necesitas algo que falte en la cocina, puedes llamar por teléfono al hotel y pedir que te lo traigan. El número de teléfono y la dirección electrónica están en la agenda de contactos al lado del teléfono. Normalmente, lo traen por la tarde.

–Gracias. Haré una lista después de hablar con Chloe para ver qué le apetece. ¿Cuándo vas a ir a recoger a Chloe y al niño?

–Estarán listos después de las diez. Pero he cambiado de idea, no voy a ir yo a recogerles, sino tú.

–¿Yo?

–Como la cuenta del hospital está pagada, no hay motivo para que tenga que ir yo personalmente. Tengo que hacer una llamada telefónica muy importante a las diez –Wyatt apartó una silla de la mesa–. Siéntate, Leigh. Tenemos que hablar.

Ella se sentó en el filo de la silla como una niña asustada.

Wyatt la miró fijamente.

–Cuando contrato a alguien, normalmente doy instrucciones del trabajo por escrito. Es la primera vez que contrato a una niñera, pero los dos debemos dejar claro lo que se espera de ti.

Leigh asintió.

–Has dejado claro que lo primero y principal para ti es el niño. De acuerdo, no hay problema. Pero debes ser consciente de otros problemas que me conciernen a mí.

–Por supuesto –con un esfuerzo, Leigh le miró a los ojos. En esos momentos, tenían el color de un lago de montaña y se le antojaron igualmente fríos.

–Una de las cosas más importantes es proteger la intimidad de mi familia. Por supuesto, las amigas de Chloe saben lo del niño, igual que el personal del hospital; pero todos están informados de que deben ser sumamente discretos. No voy a permitir que mi hija sea víctima de las habladurías; sobre todo, en lo que a los medios de comunicación se refiere. Y tampoco voy a permitir que sufra su reputación por haber cometido una equivocación.

¿Cómo podía alguien ver a ese precioso niño y llamarle equivocación? Pero, mordiéndose la lengua, Leigh asintió.

–¿Es por eso por lo que quieres que vaya a recogerla, porque a ti te reconocerían fácilmente y la gente empezaría a atar cabos?

–Solo en parte –Wyatt se levantó de la silla y llevó su taza vacía al fregadero–. Chloe no va a aparecer en público con el niño, por una cuestión de seguridad y también para proteger su intimidad. Pero tú te vas a encargar de vigilar lo que hace por Internet, me refiero a Twitter y a Facebook. Si sospechas que contacta con alguien que no debe…

–No.

Wyatt la miró con sorpresa mientras ella se ponía en pie.

–¿No?

–Soy una niñera, no una espía. Entiendo que quieras protegerla, Wyatt, pero quien debe vigilar sus contactos por Internet o por móvil es su padre.

Wyatt frunció el ceño. Leigh continuó para evitar que la interrumpiera.

–Piénsalo. He venido aquí para cuidar al niño y ayudar a Chloe a asumir su papel de madre. Es necesario que Chloe confíe en mí. No puedo apoyarla y al mismo tiempo vigilarla.

–Lo que quieres decir es que quien debe asumir el papel de malo soy yo.

–Si así es como lo ves… Debes tener vigilantes en el hotel. Estoy segura de que encontrarás la forma de hacerlo.

Wyatt metió su taza de café en el lavavajillas.

–Está bien, tú ganas, por ahora. Una cosa más…

–Te escucho.

–Chloe es joven e inteligente. Si pudiera dejar atrás este incidente, podría tener un futuro prometedor.

¿Incidente? ¿El niño era un incidente?

–Si insiste en quedarse con el niño, aceptaré su decisión –continuó Wyatt–. Pero tú y yo sabemos que cambiará su vida y no precisamente para mejor. Lo que espero es que se dé cuenta y lo dé en adopción; a una buena familia, por supuesto. Confío en que hagas lo posible por hacérselo ver. A la larga, sería lo mejor para ella y para el niño. ¿No te parece?

Leigh se quedó clavada en el suelo. ¿Lo mejor?

–Eres el padre de Chloe y entiendo que digas eso –respondió Leigh cuando encontró la voz–. Lo pensaré.

–En ese caso, piensa también en que, si Chloe renuncia al niño, tú ya no tendrás trabajo aquí. Si tomara esa decisión, con tu apoyo, estoy dispuesto a ofrecerte veinticinco mil dólares como recompensa. Haré que conste en el contrato.

Leigh hizo un esfuerzo para no perder la calma, pero hervía por dentro ante la suposición de Wyatt de que podía comprar su apoyo.

–Es una oferta generosa –respondió Leigh–, lo tendré en cuenta. En fin, se me está haciendo tarde. Si quiero llegar al hospital a las diez, será mejor que me prepare…

Leigh se volvió y se dirigió a la puerta de la cocina.

–Leigh, una cosa más.

Ella se volvió.

–Llevas la camisa del revés.

Ahogando un gruñido, corrió escaleras arriba.

Desde la terraza, Wyatt vio a Leigh desaparecer en la espesura de la arboleda. Había hecho que le llevaran otro coche del complejo turístico para que lo utilizara mientras trabajaba allí. A Chloe le resultaría difícil subirse al todoterreno y también se negaría a montar en esa vieja carroza de Leigh.

Un arrendajo se posó en la rama de un pino cercano, giró la cabeza y le miró con curiosidad. La presencia del ave le recordó por qué había elegido vivir en ese lugar remoto con vistas al cañón. Era una zona salvaje y limpia, y él hacía lo posible por mantenerlo de esa manera, instalando paneles solares y los últimos inventos tecnológicos de reciclaje. Llevaba diez años disfrutando aquella paz, pero ahora todo iba a cambiar.

Quizá no fuera tan terrible. Le había gustado ver a Leigh aquella mañana en la cocina... hasta el momento en que habían conversado.

Leigh apenas había pronunciado palabra mientras él la había ayudado a colocar la silla para el bebé en el coche; después, se había marchado sin decir adiós. Su silencio había demostrado lo que pensaba de la oferta que le había hecho.

A Wyatt no le gustaba que le contradijeran. De haber sabido lo obstinada que Leigh era quizá no la hubiera contratado.

Pero no era solo obstinada. Había algo que no encajaba. Leigh era demasiado sofisticada y segura de sí misma para conformarse con un trabajo como ese. ¿Por qué lo había solicitado? Las razones que había dado en la entrevista eran una excusa, de ello estaba seguro. Y si tenía experiencia con bebés, ¿por qué leer un libro sobre la crianza de los niños en mitad de la noche?

¿Quién era? ¿Qué quería realmente?

Leigh llegó al hospital con media hora de retraso y encontró a Chloe sentada en la cama y gesto mohíno.

–¿Dónde está mi padre? –preguntó la joven en tono exigente.

–En casa, esperándote –Leigh sonrió–. Tan pronto como la enfermera traiga a Mikey, nos marchamos.

Justo en ese momento apareció la enfermera con el niño envuelto en una manta blanca nueva. Chloe sonrió.

–Démelo. ¡Quiero verle con la ropa nueva!

Con su hijo en la cama, Chloe apartó la manta y miró al niño con lo que parecía un traje imitando a un perro: con manchas blancas y marrones y un gorro con orejas caídas.

–¿No está precioso? El traje se lo ha regalado mi amiga Monique. Voy a hacerle una foto y mandársela.

Chloe sacó el móvil de su bolso y comenzó a hacerle fotos al pequeño.

Leigh aprovechó el momento para contemplar a su sobrino. Había cambiado de un día para otro. Tenía las mejillas más redondas y los rasgos más definidos. Poseía unas pestañas doradas y los ojos azul oscuros, como su abuelo. A pesar del absurdo atuendo, era una preciosidad.

Mientras Chloe enviaba las fotos, Leigh le subió las mangas al niño para que no le taparan las manos. Las manos del pequeño eran muy grandes, como las de Kevin, de dedos largos y delgados.

–¡Bueno, vámonos ya! –dijo la enfermera, que había salido y regresaba con una silla de ruedas.

Aún enviando mensajes por el móvil, Chloe se sentó en la silla, dejando que Leigh se encargara de envolver al niño en la manta y agarrara la bolsa con sus cosas.

Con una actitud práctica, la enfermera agarró al bebé y se lo dio a Chloe.

–Cielo, deja el móvil y encárgate de tu hijo –ordenó la enfermera.

Chloe obedeció, aunque le sacó la lengua a la enfermera cuando esta se volvió de espaldas.

Leigh tomó nota.

Unos minutos más tarde estaban de camino a la

casa de Wyatt, con Mikey en el asiento para niños en la parte posterior del coche. Chloe iba delante, en el asiento contiguo al del conductor. Sacó el móvil del bolso para ver si tenía mensajes.

–¿Podemos parar para tomar un refresco? –preguntó la joven.

Leigh respondió sin apartar los ojos del camino:

–Tu padre me ha pedido que te lleve directamente a casa. En el frigorífico hay refrescos.

Chloe hizo un mohín y se calló. Después, jugó con el móvil hasta que, por fin, lo metió en el bolso.

–No me acuerdo de cómo te llamas –dijo Chloe con voz autoritaria.

–Leigh Foster. Llámame Leigh.

–Leigh Foster –Chloe hizo una pausa–. ¿Tienes algo que ver con ese desgraciado de Kevin Foster?

Leigh apretó los dientes. Después, respiró hondo un par de veces antes de contestar.

–Hay muchos Foster en Dutchman´s Creek. Ocupamos media página de la guía telefónica.

La respuesta pareció satisfacer a la chica, de momento. Pero no había acabado.

–¿Por qué decidiste ser niñera? ¿Cómo es posible que alguien elija cambiar pañales como trabajo?

Leigh se encogió de hombros.

–Necesito trabajar y me pagan bien. Además, me encantan los niños, incluidos los pañales.

–¿Y mi guapo y rico padre no tiene nada que ver con ello?

–Nada en absoluto –respondió Leigh.

Leigh se dio cuenta de que la hija de Wyatt la estaba poniendo a prueba. Buscaba puntos débiles para aprovecharse de ello en el futuro, cuando le resultara conveniente. Pero no lo iba a conseguir.

–¿Cómo te encuentras, Chloe? –preguntó Leigh cambiando de tema–. Debes estar dolorida aún.

–¿Dolorida? ¡Estoy destrozada! ¡Y mis pechos! La enfermera me ha dicho que se están llenando de leche. ¡Qué horror! ¿Es que no tienen pastillas para evitar tener leche?

–Solían darlas, pero descubrieron que las pastillas aumentan el riesgo de cáncer de mama. Así que tendrás que aguantar hasta que se te quite la hinchazón; a menos, por supuesto, que quieras amamantar al niño. Todavía puedes hacerlo.

–¡De ninguna manera! ¡Qué cosa más horrible!

–En ese caso, me encargaré de que tengas bolsas de hielo en la casa –Leigh tomó la carretera privada que conducía directamente a la casa–. Pero no esperes poder hacer una vida normal inmediatamente. Te llevará unas semanas recuperarte.

Chloe hizo una mueca cuando una de las ruedas del coche pasó por encima de una piedra grande.

–¿Cómo sabes tanto de esto? ¿Has tenido hijos? No pareces muy mayor.

–Tengo veintiséis años y la respuesta es no, no tengo hijos. Pero la mayoría de mis amigas sí tienen y he hablado con ellas sobre esto.

–¿Has estado casada?

–No, nunca.

–¿Has vivido alguna vez con un hombre?

–En Denver, durante un año más o menos. Estábamos prometidos.

A Leigh no le gustaba hablar del pasado; pero si eso

45

ayudaba a confraternizar con Chloe, estaba dispuesta a abrirse un poco.

–¿Y no llegaste a casarte? ¿Qué pasó?

–Lo típico –Leigh lanzó una irónica carcajada–. Me engañó con otra.

–Los hombres son unos imbéciles –declaró Chloe como si tuviera la experiencia de una mujer de cuarenta años.

–¿Y tu padre? –preguntó Leigh antes de darse cuenta de lo que decía.

–Mi padre es como es. Le gustan su intimidad y sus novias. Y no le gusta perder el control. También es muy generoso, te da todo lo que le pidas, excepto su tiempo. Si quieres saber algo más de mi padre, pregúntale a la gente que trabaja para él, le ven mucho más que yo. Desde luego, a mí nunca me ha hecho caso. Pero, por lo menos, no es un hipócrita.

Leigh calló, sopesando la respuesta de la chica.

–Si yo fuera tú no me enrollaría con él –añadió Chloe–, es muy reservado. En parte, fue por eso por lo que mi madre le dejó, creo. Quizás…

El móvil de Chloe sonó, interrumpiendo lo que iba a decir.

–Hola, papá… Sí, ya estamos en la carretera de la montaña… Mikey está en la parte de atrás. Sí, está bien. Todos estamos bien. Hasta dentro de un momento –Chloe apagó el móvil con un exagerado suspiro–. ¡Siempre tiene que controlarlo todo!

Leigh siguió conduciendo en silencio. ¿Podría ayudar a esa familia? Así lo esperaba, por el bien de Mikey.

Capítulo Cinco

Wyatt salió de la casa en el momento en que el coche se detuvo delante del porche. Después de abrir la puerta de Chloe, fue a ayudar a su hija a salir.

–No soy una inválida –dijo la chica, rechazando su ayuda.

A pesar de haber dado a luz recientemente, Chloe parecía estar bien.

Increíble, Chloe era madre. Una madre que todavía era una niña.

Leigh había abierto la puerta de atrás del coche y estaba sacando a Mikey en su silla.

–A Mikey ha debido gustarle ir en coche, está profundamente dormido –declaró Leigh con el rostro iluminado–. Mírale, Wyatt, ¿no es una preciosidad?

Con rapidez, Leigh se interpuso entre la casa y él y le mostró la silla con el niño.

Wyatt sospechó lo que esa mujer se traía entre manos. Él había dejado claro que, en su opinión, Chloe debía dar al niño en adopción; claramente, Leigh era contraria a esa idea. Él quería ignorar la pregunta y al niño. No quería encariñarse con el bebé. Pero sabía que Leigh no se movería de donde estaba hasta que él no mirara a su nieto.

Cuando Leigh apartó la manta que cubría al bebé, Wyatt vio un rostro tan perfecto como una flor. Se le secó la garganta. La inocencia del pequeño se le agarró al corazón. Pero no era eso lo que quería sentir.

–Bueno, ¿qué te parece?

–Es un niño muy guapo –respondió Wyatt haciendo un esfuerzo–. Pero no puedo decir lo mismo del traje de perro. Supongo que es un regalo de alguna de las amigas de Chloe.

El bebé, debido al sonido de las voces, bostezó y abrió unos ojos tranquilos y curiosos.

A Wyatt se le encogió el pecho. Se sintió como si estuviera cayendo en una trampa.

–¡Estoy muerta de hambre! –exclamó Chloe desde la puerta–. ¿Hay algo de comer?

–En el horno hay pizza. La de queso, tu preferida. ¿Quieres comer en la cocina o prefieres que te llevemos la comida a tu habitación?

–En la cocina. Después, me iré a acostar. La cama del hospital era terrible y la comida aún peor.

Al menos, Chloe parecía contenta de estar en casa, pensó Wyatt mientras sujetaba la puerta para que Leigh pasara con el niño.

–Pizza también para ti, Leigh. Estás invitada a comer con nosotros mientras estés aquí. Somos una familia, lo queramos o no.

El sol apareció en la sonrisa de ella.

–Gracias. Y ya que voy a comer con vosotros, supongo que no os importará que cocine de vez en cuando. Tienes una cocina maravillosa, es una pena desperdiciarla.

–Cocina todo lo que quieras.

Wyatt siguió a su hija hasta la cocina, la mesa estaba puesta para tres personas. Chloe no le lanzó ni una sola mirada mientras sacaba la pizza del horno. Su relación con ella iba a permanecer tensa durante un tiempo. Esperaba que Leigh ayudara a aliviar la tensión.

Chloe se sentó a la mesa, se sirvió dos trozos de pizza y abrió una lata de refresco. Leigh dejó la sillita del niño a un extremo de la mesa antes de sentarse. El niño estaba despierto y se chupaba el puño.

–¿No deberíamos llevarle a la cama? –preguntó Chloe.

–Mikey es parte de la familia –respondió Leigh–. Mientras no llore o se sienta incómodo, es mejor que esté aquí, oyendo voces.

–Bueno, por mí… –Chloe se encogió de hombros y se puso a comer–. Tú eres la experta.

Wyatt frunció el ceño al tiempo que ocupaba su lugar en la mesa. En contra de sus explícitos deseos, Leigh estaba haciendo lo posible por integrar al niño a la familia. Cosa que no comprendía, teniendo en cuenta la generosa oferta que le había hecho a Leigh.

Se sorprendió a sí mismo contemplando al pequeño, que continuaba tratando de meterse el puño en la boca. Al menos, demostraba determinación. Pero en uno de sus intentos falló y se dio un golpe en el ojo.

Debió de dolerle, porque se echó a llorar inmediatamente. ¡Y qué par de pulmones!

Leigh se levantó a la velocidad del rayo. Tomó al niño en sus brazos y lo acunó hasta calmarle.

–No le pasa nada, ¿verdad, Leigh? –preguntó Chloe con visible angustia.

–No, está bien. Pero debe de tener hambre. En el hospital nos han dado unos cuantos biberones preparados. Échale un ojo mientras yo voy a por uno.

Leigh dejó a Mikey en la sillita. Pero tan pronto como le dejó, el pequeño comenzó a chillar de nuevo. Chloe miró a su hijo con expresión desolada.

–¿Por qué llora así? ¿Cómo podemos hacer que se calle?

–Lo siento, me temo que tendrás que acostumbrarte. Todos tendremos que hacerlo –Leigh agarró al pequeño y fue a dárselo a Chloe–. Le gusta que le tengan en brazos. Ahora mismo vuelvo.

A Wyatt no le pasó desapercibida la expresión de pánico de su hija. Chloe estaba desbordada y no le extrañaba.

–Pásame al niño –dijo él–. Puedo encargarme de él durante unos minutos.

Con cara de sorpresa, Leigh le pasó a Mikey. Él, al momento, se puso a acunar a aquella diminuta criatura chillona. ¿Cómo una cosa tan pequeña podía dar tanta guerra? El pequeño Mikey parecía ser el dueño de la situación.

–Hola, Mikey –dijo Wyatt con voz tensa.

Al oír aquella voz extraña, el bebé dejó de llorar y se lo quedó mirando. Él, mientras le acunaba, comenzó a cantar lo primero que le vino a la cabeza: una canción de esquiadores.

Al volver la cabeza, sorprendió a Chloe observándole con expresión de incredulidad.

–¡Dios mío, papá, mírale, le encanta! ¿Me cantaste esa canción a mí alguna vez?

Wyatt se encogió de hombros a modo de respuesta. Debido al mucho trabajo y al miedo a parecerse a su padre, no había pasado mucho tiempo con su hija cuando esta era pequeña. De haberlo hecho, quizá hubieran tenido una mejor relación. Pero era tarde para cambiar el pasado. Lo único que podía hacer era intentar mejorar el futuro, un futuro con un bebé sin padre.

Al volver a la cocina, Leigh se detuvo en la puerta. Wyatt estaba acunando al pequeño y… cantándole una canción. Los dos parecían a gusto. Quizá hubiera esperanza para ese hombre, para esa familia.

Al adentrarse en la estancia, Wyatt alzó los ojos y dejó de cantar.

–Vamos, toma a este pequeño bribón –dijo él–. No tengo madera de niñera.

Leigh agarró al niño y le apoyó la cabeza en su hombro.

–¿Quieres darle tú el biberón, Chloe?

–No, dáselo tú. Yo estoy cansada y tú eres la experta.

Leigh se sentó en un extremo de la mesa con Mikey encima. No daba un biberón desde los tiempos del instituto, pero no podía ser muy difícil.

Tan pronto como el biberón le rozó los labios, el pequeño abrió la boca y comenzó a chupar con ganas.

–Vaya, tiene buen apetito –comentó Wyatt con el ceño fruncido, pero no pudo disimular una nota de orgullo en la voz.

Hasta el momento, el pequeño parecía estarse ganando a su abuelo. Pero Chloe era otra cosa, la joven intentaba por todos los medios no mirar en su dirección. Con un poco de suerte, cambiaría de actitud con el tiempo.

Quizá ser madre le asustaba.

Mikey había vaciado ya medio biberón. ¿Estaba comiendo demasiado? Leigh le apartó el biberón y el bebé comenzó a chillar hasta que ella volvió a dárselo.

–Tiene carácter –comentó ella.

En cuestión de minutos, Mikey vació el biberón y pareció satisfecho. Ahora, si no recordaba mal, debía hacerle eructar. Le incorporó, apoyándolo en su hombro, y comenzó a darle palmaditas en la espalda. Nada. El niño empezó a agitarse. ¿Qué estaba haciendo mal?

Iba a cambiarle de postura cuando oyó un eructo. Acto seguido sintió un líquido cálido en el hombro y en el cuello del jersey.

–¡Dios mío! –exclamó Chloe abriendo desmesuradamente los ojos.

Cuando Leigh apartó al bebé de su hombro, vio el traje de perro manchado de leche. Para colmo, a continuación, oyó los intestinos del niño y olió algo inconfundible.

Wyatt arqueó una ceja.

–Creo que vas a tenerle que cambiar los pañales, Leigh. Te guardaremos unos trozos de pizza.

Con su manchado y maloliente sobrino en los brazos, Leigh salió corriendo hacia las escaleras.

Al caer la noche, Leigh estaba agotada. Había cambiado a Mikey de ropa, le había lavado con una esponja, le había dado otro biberón, le había hecho eructar, esta vez con un paño, y le había acostado por fin. Mientras el niño dormía, había echado en remojo la ropa del pequeño y la suya, se había arreglado un poco, se había encargado de las bolsas de hielo para Chloe y había esterilizado los biberones comprados en Baby Mart.

Apenas había tenido tiempo para comer dos trozos de pizza cuando Mikey se despertó lloriqueando, y tuvo que tomarle en los brazos. Los bebés aprendían rápido a conseguir lo que querían.

Chloe estaba descansando y Wyatt se había marchado sin decir adónde, por lo que la casa estaba muy silenciosa. Con el pequeño en los brazos, se sentó en la mecedora. A Mikey le gustó el movimiento.

Pronto, en la penumbra de la habitación, Mikey cerró los ojos. Después de comprobar que estaba dormido, Leigh le acostó en la cuna. Después de contemplarle unos minutos con ternura, agarró el receptor del monitor del niño y salió del cuarto.

En un extremo del descansillo había una zona de estar cómoda con una chimenea de gas, estanterías repletas de libros y un televisor. Le tentó la idea de sentarse en el sofá y pasar una hora viendo lo que fuera en la televisión, pero lo que necesitaba era aire fresco.

Unas puertas dobles de cristal daban a una terraza en ese piso. Salió a la terraza, dejó el receptor del monitor en una silla, se apoyó en la barandilla y, respirando hondo, se llenó los pulmones de la fragancia de los pinos aquella noche de octubre. Abajo vio las luces del complejo turístico, las pistas de esquí y el fondo del cañón. Aquel era el reino de Wyatt, un reino que había tardado años en construir.

Tras las investigaciones convenientes, Leigh sabía que Wyatt era muy rico. Era el propietario de ese complejo que comprendía hoteles y negocios, cabañas de lujo, pistas de esquí y propiedades adyacentes; además, tenía inversiones en otros negocios. A pesar de ser multimillonario, Wyatt llevaba una vida sencilla. A pesar de que la casa era preciosa, no era ostentosa, sino cómoda. Al pensar en aquella casa aislada con vistas a sus propiedades, se dio cuenta de que Wyatt había creado un mundo íntimo, un mundo aparte, separado del esplendor del entorno del complejo. ¿Cabrían en ese mundo tan suyo dos personas más?

Wyatt había ido al complejo a recoger el Bentley, se lo había llevado al único mecánico del que se fiaba. Tras las primeras nevadas, guardaría el coche en el garaje. Pero, hasta ese momento, iba a disfrutarlo todo lo que pudiera.

Mientras recorría la carretera de montaña, volvió a pensar en Leigh. Esa mujer le confundía, le intrigaba y le crespaba. Y… ¿por qué había solicitado el trabajo de niñera? ¿Qué se traía entre manos?

Se la veía inteligente y competente, y era evidente que se había encariñado con el bebé desde el principio. Pero en lo que a la experiencia se refería, iba a ciegas, tanteando. Cualquier persona con experiencia con niños sabía que los bebés vomitan un poco después de tomar el biberón, por eso siempre se ponían una toalla o un paño sobre el hombro. Sin embargo, Leigh no había ocultado su sorpresa al verse vomitada.

Fuera lo que fuese, Leigh no era una niñera profesional.

Pero no iba a despedirla. Era trabajadora, consciente y guapa. No obstante, estaba decidido a descubrir el verdadero motivo por el que quería ese trabajo.

Quizá, en contra de lo que había pensado con anterioridad, intimar con ella fuese la única manera de arrancarle la verdad. Compartir una cama obraba maravillas. Además, lo pasarían bien.

Silbando, continuó conduciendo hasta el garaje.

Leigh estaba todavía en la terraza cuando el coche se detuvo delante de la casa. Oyó cerrarse la puerta del garaje y después las pisadas de Wyatt en el porche. La habitación de él, en la que no había entrado, estaba en el piso de abajo, junto al despacho de Wyatt y a un saloncito privado. Después de un día de tanto ajetreo, lo más seguro era que Wyatt quisiera estar solo.

El monitor del niño continuaba silencioso y el cielo se veía tan esplendoroso que no se decidía a entrar aún en la casa. Ahí, apoyada en la barandilla y siguiendo con los ojos a las estrellas, se sintió sola.

Lo último que había esperado era sentir un ligero peso en los hombros.

–Toma, ponte mi chaqueta –le murmuró Wyatt al oído.

–Gracias –se arrebujó en la chaqueta y el corazón le latió con fuerza cuando los brazos de Wyatt la rodearon–. Hace años que no veía tan bien las estrellas.

–Sí, lo sé. Esa es una de las razones por las que me he venido a vivir aquí –los brazos de Wyatt la estrecharon con más fuerza–. ¿Cómo está Chloe? Por cierto, he traído comida china por si alguien tiene hambre.

–Podemos dejarla para mañana. Chloe ha tomado un analgésico y se ha acostado. Hace un rato, cuando pasé por su habitación, estaba profundamente dormida.

–¿Y el niño?

–También está durmiendo. Pero aquí tengo el monitor, por si se despierta.

Wyatt rio queda y roncamente.

–Tú también has tenido un día de mucho quehacer.

–Sí, ya lo creo. Aunque he conseguido disponer de unos minutos para darme una ducha y cambiarme de ropa, creo que todavía huelo a vómito de niño.

Wyatt le acarició el cabello con la nariz y, al momento, ella sintió un profundo calor emanando de las secretas profundidades de su cuerpo. Los pezones se le irguieron. Sabía que debería disculparse y refugiarse en su habitación, pero no conseguía moverse.

–El pelo no te huele a vómito para nada, huele a limpio y está suave.

Cuando Wyatt le acarició la oreja con los labios, ella lanzó un profundo y prolongado suspiro. El sentido común le decía que Wyatt Richardson iba con segundas intenciones, pero llevaba demasiado tiempo sola, sufriendo, por lo que no consiguió rechazar el consuelo que él le estaba ofreciendo.

Además, si era sincera consigo misma, llevaba el día entero pensando en ese hombre. Le deseaba desde el momento en que se tropezó con la esterilla del todoterreno y acabó en sus brazos.

Capítulo Seis

–Leigh, me gustaría hacerte una pregunta –el aliento de Wyatt le rozó el pelo. Pero aunque le estaba hablando con voz suave, en su tono advirtió que no era un romance lo que tenía en la cabeza–. Espero que hablemos claro y lleguemos a un entendimiento.

–Adelante.

–Te he dicho lo que pienso sobre que Chloe se quede con el niño. Tú también has dejado claro que no estás de acuerdo.

Un momento antes le había parecido que Wyatt intentaba seducirla, ahora temía que fuera a despedirla. ¿A qué estaba jugando?

–Estás en tu derecho de opinar lo que quieras –continuó él–, lo que no entiendo es por qué tu empeño en hacer que Mikey se incorpore a esta familia y que Chloe asuma su papel de madre. Sabes perfectamente que no quiero que mi hija se encariñe con el bebé, y tampoco estoy seguro de que Chloe quiera hacerlo. Por eso te he hecho una generosa oferta, por eso te he ofrecido dinero para que ayudes a mi hija a tomar la decisión que más le conviene. Si lo que quieres es más dinero…

–¿Crees que es una cuestión de dinero? –Leigh se apartó de él y se dio media vuelta para encararle–. ¡Quien me importa es Mikey! Mikey es el hijo de Chloe y tu nieto, Wyatt. Es posible que estuviera mejor con unos padres adoptivos que le quisieran. Pero si Chloe tomara esa decisión, debería ser porque le quiere y quiere lo mejor para él, no la salida más fácil para ella. ¡Y lo mismo te digo a ti! ¡Ese niño es completamente inocente y no se merece que le des la espalda!

Wyatt se quedó inmóvil, como si acabara de recibir una bofetada. ¿Había hablado demasiado? ¿La iba a despedir ya?

—Entiendo –dijo él en tono neutral–. Eso me lleva a otra cuestión. Como niñera, no has estado mal. Pero me apostaría el Bentley a que estás igual de cualificada que yo. ¿Por qué defiendes tan apasionadamente a un niño al que acabas de conocer? ¿Qué te traes entre manos?

El miedo se le agarró al estómago. Había hablado demasiado y ahora Wyatt estaba a punto de descubrirla.

¿Debía explicárselo todo y arriesgarse a que Wyatt hiciera lo posible por arruinar la vida de su hermano?

No, no podía crearle problemas a Kevin y hacer sufrir a su madre. Tendría que continuar mintiendo, era la única alternativa.

—Leigh, te he hecho una pregunta –dijo Wyatt con voz firme y seria.

—Sí, lo sé…

El tiempo se le acababa y tenía que hacer algo de inmediato. Sin más, le rodeó el cuello con los brazos, tiró de la cabeza de Wyatt y, a la desesperada, le devoró con un beso.

***

Wyatt se puso rígido. Un gruñido de sorpresa escapó de su garganta. El instinto pudo con él. No sabía qué se proponía esa mujer, pero estaba encantado de seguirle el juego.

La abrazó y la estrechó contra sí. La notó temblar cuando, tomando el control, la besó posesivamente. Leigh no le impidió que le deslizara las manos por debajo de la camisa y le desabrochara el sujetador. Ella no estaba fingiendo, sentía la pasión de su respuesta. Conocía a las mujeres y sabía que Leigh quería lo que él podía ofrecerle.

La chaqueta se le resbaló de los hombros a Leigh y cayó al suelo. Ella gimió mientras él le acariciaba la espalda para luego pellizcarle un pezón mientras le mordisqueaba la garganta.

Leigh echó el pecho hacia delante, en una clara indicación de que quería más. Él le cubrió un pecho pequeño, firme, perfecto… Leigh gimió y se apretó contra él. Estaba excitado, duro, ardiendo, y sabía que ella podía notarlo.

La besó otra vez, saboreando esos maduros e hinchados labios.

–¿Este es el motivo por el que querías este trabajo? –murmuró Wyatt medio en broma.

–Mmm. Hace años que me gustas, no podía perder esta oportunidad.

Leigh buscó otro beso con lo que parecía sincero anhelo. Pero Wyatt no se dejó engañar, convencido de que Leigh había mentido; no obstante, estaba disfrutando demasiado como para que le importara. Lo que sí creía era que, en ese momento, ella le deseaba. Antes o después descubriría la verdad.

Leigh estaba perdiendo el control. Su intención había sido distraer a Wyatt para que no continuara haciéndole preguntas, pero estaba siendo víctima de su propia trampa.

Wyatt le mordisqueó los labios con una contención que la hizo anhelar más. Le acarició un pecho, le pellizcó el pezón y un exquisito calor le recorrió el cuerpo. El deseo la consumió al sentir el miembro de él en su vientre. No había imaginado desearle tanto, pero las sensaciones que estaba experimentando eran innegables.

—Eres malditamente sensual, Leigh —Wyatt le deslizó una mano por debajo de los pantalones para acariciarle las nalgas—. Te deseo desde el momento en que te presentaste a la entrevista con esa falda. Y qué piernas…

Las caricias de Wyatt la estaban volviendo loca. Gimió y se frotó contra él. Al volver a besarla, Wyatt movió la mano para pasársela por el vientre. Era tan delicioso.

Conteniendo la respiración, esperó a que los dedos de él descendieran. Tenía las bragas mojadas. Se apretó contra él.

—Este no es el lugar apropiado —murmuró Wyatt—. Venga, vamos a entrar.

Con una mano en su espalda, Wyatt la empujó hacia su habitación.

—Chloe… el niño… —susurró ella.

—Están dormidos.

Wyatt la hizo entrar en su habitación y cerró la puerta. Un instante después, le dio un beso que la dejó sin sentido. Entrelazó la lengua con la suya e imitó los movimientos de lo que evidentemente tenía en mente mientras la empujaba hacia la cama al tiempo que le quitaba la camisa, el sujetador, los vaqueros y las bragas, dejando un reguero de prendas por el suelo.

Ella le rodeó el cuello con los brazos y le acarició el cabello mientras Wyatt le besaba el rostro, la garganta y los pechos. ¡Cómo deseaba a ese hombre! Le deseaba desde el primer momento que lo vio.

–Dime que me vaya y me marcharé –le murmuró Wyatt al oído–. Pero será mejor que me lo digas ya.

–Wyatt, no soy una niña, no soy novata en esto. Sé que no es para siempre. Solo quiero disfrutar y disfrutarte. Sin compromisos de ninguna clase.

Wyatt arqueó las cejas.

–Vaya, no sabes cuánto me alegro. Lo dejaremos así de momento.

Por debajo del jersey de cachemira, Leigh acarició ese torso de atleta: la dura espalda, el sólido abdomen y los tiernos y sensibles pezones.

Con un murmullo de impaciencia, Wyatt la hizo tumbarse en la cama; después, se desnudó y se puso un condón. No iba a haber palabras tiernas entre los dos, ni cariños ni promesas ni nada que no fuera puro y simple placer. Y, de momento, era suficiente.

Wyatt se subió a la cama y la abrazó. Leigh sintió ese cuerpo a lo largo del suyo. Le imaginó penetrándola, llenando ese oculto lugar que había estado vacío mucho tiempo.

Wyatt le acarició el húmedo triángulo, los sensibles pliegues… le introdujo un dedo e imitó con él la copulación. Ella jadeó y se estremeció.

–Sí… –susurró Leigh–. Ya. Por favor.

Con una queda risa, Wyatt se colocó sobre ella y la penetró. Leigh lanzó un suspiro de placer. Sentirle dentro era la gloria.

Ninguno de los dos estaba de humor para ir despacio. Cuando ella le rodeó la cintura con las piernas, los empellones se tornaron rápidos, duros y ardientes. Ella le acompañó con las caderas hasta que el clímax la hizo estallar en mil pedazos.

Wyatt lanzó un gemido, se estremeció y, por fin, se dejó caer encima de su cuerpo.

–No ha estado mal para ser la primera vez –comentó Wyatt con una queda carcajada.

Después, se separó de ella, se levantó y se fue al cuarto de baño, dejándola en la cama completamente saciada.

Se oyó un alarido en la habitación contigua.

Rápidamente, Leigh se levantó y se puso la bata. El llanto de Mikey le llegó al corazón.

Entró en el cuarto del niño y le vio agitando los brazos y las piernas en la cuna. Tan pronto como ella le tomó en sus brazos, dejó de llorar.

–¿Está bien? –preguntó Wyatt, vestido con los vaqueros, desde la puerta.

–Sí, está bien. Lo único que le pasa es que se siente solo, tiene hambre y tiene mojado el pañal –Leigh palpó la humedad del pijama–. Ya que estás aquí, ¿podrías hacerme un favor? ¿Te importaría bajar a la cocina a calentarle un biberón y traérmelo? Los biberones están en el frigorífico.

Al verle vacilar, Leigh añadió:

–O, si lo prefieres, iré yo y tú le cambias los pañales.

Leigh miró a Mikey, que se estaba chupando los puños. Al volver a alzar los ojos, Wyatt había desaparecido.

Wyatt se puso a calentar el biberón y se quedó esperando mientras, de nuevo, pensó en Leigh.

¿Había solicitado ese trabajo con el fin de seducirle? Le costaba creerlo. No obstante, debía tener cuidado, no sería la primera vez que una mujer intentaba utilizarle.

En lo que se refería al niño, ¿tenía razón Leigh al querer integrarle en la familia?

Cuando el biberón estuvo templado, lo subió a la habitación de Mikey. Leigh estaba sentada en la mecedora con el niño en su regazo. Le cantaba con una voz muy suave y en su expresión se veía puro amor.

Sintió una emoción que no tenía nada que ver con la lujuria. Verla iluminada por esa suave luz con el bebé en los brazos era como contemplar una pintura del renacimiento, hermosa y extrañamente enternecedora. Se quedó quieto, como hipnotizado. Entonces, ella alzó el rostro y le vio.

—¿Has traído el biberón? El pequeño tiene hambre.

—Aquí lo tienes. Pero no sé si está a la temperatura adecuada.

—Se prueba así —Leigh extendió un brazo con la palma de la mano hacia arriba—. Échame unas gotas en la muñeca… Bien, eso es. Sí, creo que está bien —Leigh le miró fijamente—. ¿Por qué no le das tú el biberón a Mikey?

Wyatt notó un brillo desafiante en sus ojos. No le

gustaba la idea. Pero se le ocurrió que lo más inteligente era dar gusto a esa mujer.

–Siéntate aquí.

Antes de poder protestar, Leigh se levantó de la mecedora para cederle el sitio. Casi sin saber cómo, se encontró con el bebé en los brazos. Mikey llevaba un pijama amarillo y estaba envuelto en una manta con estampado de patos. La mirada del niño era tan pura y limpia que le llegó hasta el alma.

Leigh se sentó en la otomana al lado de la mecedora.

–Incorpórale ligeramente. Después, pásale el pezón del biberón por los labios y él hará el resto.

Wyatt siguió las instrucciones y, al instante, Mikey tomó posesión del pezón de goma como si fuera uno de verdad.

Leigh le miraba y sonreía, la suave luz iluminándole el rostro. Wyatt maldijo en silencio por la hermosura de esa mujer.

–Es una pena que no tengas hijos –dijo él–. Me da que serías una madre excelente.

–Quizá algún día –Leigh bajó los ojos y entrelazó las manos–. Wyatt, lo de esta noche… Sé que he sido yo quien ha dado el primer paso, lo que no ha sido muy inteligente por mi parte. Sobre todo, con Chloe en la casa.

Wyatt asintió, con miedo de hablar para no despertar a Mikey, que ahora dormía satisfecho en sus brazos.

–No podemos comportarnos así a espaldas de Chloe, podría sorprendernos –continuó ella–. El motivo principal de que yo esté aquí es para dar a Mikey lo que necesita y ayudar a Chloe en lo que pueda. No conseguiré ninguna de las dos cosas si ella no confía en mí.

—Entonces… ¿qué pasa con eso de que te gustaba desde hacía años?

—Ah, bueno, sigues gustándome —Leigh sonrió débilmente—. Pero será mejor esperar a un momento más oportuno. Ninguno de los dos quiere una relación seria. Lo hemos pasado bien y, desde luego, no me importaría repetirlo. Pero lo primero es lo primero.

Wyatt miró a su nieto. Leigh tenía razón, lo importante era Chloe y esa preciosa nueva vida. Lo demás tendría que esperar.

Pero no eternamente. Tras su fracaso matrimonial, sabía que no quería tener una relación prolongada. Pero Leigh y él se gustaban.

Leigh se despertó y oyó el motor de un coche. Fue corriendo hacia la ventana y vio el Bentley desaparecer en el bosque. Miró el reloj, las seis y media, aún no había salido el sol. ¿Por qué se marchaba Wyatt tan temprano?

Después de dar el biberón a Mikey la noche anterior, Wyatt se había marchado. Cosa que comprendía, sabía que, con Chloe en la casa, era imposible pasar la noche juntos. Pero ya de mañana... Wyatt se había ido y la había dejado sola con una adolescente y un montón de incógnitas.

Mikey empezó a gemir en la habitación de al lado. Después de ponerse la bata, se dirigió rápidamente al cuarto del bebé y vio cómo se le iluminaban los ojos al verla inclinarse sobre él para agarrarle.

–Hola, mi chico.

Leigh le besó en el cuello y comprobó que estaba mojado. Iba a tener que cambiarle y lavarle con una esponja antes de bajar a la cocina.

Le dejó otra vez en la cuna un momento para ponerse unos vaqueros y una camisa limpios. Cuando acabó de cepillarse los dientes y el pelo, Mikey estaba llorando. Debía tener hambre. Quizá debiera darle de comer antes de cambiarle.

Empezó a comprender por qué algunas madres primerizas se sentían desbordadas.

El pañal estaba tan mojado que no podía esperar. Limpió al niño, le cambió el pañal, le puso un pijama limpio y después le colocó en la sillita y bajó con Mikey a la cocina. El pequeño gemía y se chupaba el puño. Estaba muerto de hambre.

Acababa de empezar a darle a Mikey el biberón cuando Chloe entró en la cocina vestida con un chándal azul. Aunque llevaba el cabello revuelto y bostezaba, estaba muy bonita.

–¿Qué hay para desayunar? –preguntó la chica sentándose.

Leigh levantó el rostro.

–Dime qué te apetece y veré lo que puedo hacer.

–Tostadas a la francesa con beicon. Estoy muerta de hambre.

Leigh había visto pan, huevos y beicon en el frigorífico.

–Muy bien. Toma a tu niño y termina de darle el biberón. Cuando acabes tendrás el desayuno en la mesa.

Una expresión de pánico le cruzó la mirada a Chloe.

–No te preocupes, esperaré a que termines.

Leigh sabía que debía insistir.

—¿No le diste el biberón en el hospital? —preguntó Leigh.

Chloe sacudió la cabeza.

—Les dije a las enfermeras que quería descansar. No le he dado el biberón ni una sola vez. Creía que ese era tu trabajo.

—Y lo es. Pero, antes o después, tendré un día libre. Si realmente quieres quedarte con este niño, tendrás que aprender a cuidarle. Dar un biberón es muy fácil, tu padre se lo dio anoche.

—¿Mi padre le ha dado el biberón a Mikey?

Leigh asintió.

—Y si él puede, cualquiera puede. Vamos, toma al niño —Leigh fue a entregarle a Mikey a su madre.

—¿Y si lo hago mal? ¿Y si le hago daño? —preguntó Chloe con lo que parecía auténtico temor.

—¿Qué es lo que te pasa, Chloe? —Leigh se sentó a la mesa con Mikey todavía en los brazos—. ¿Por qué insistes en quedarte con el niño si no quieres cuidar de él?

Los ojos de la adolescente se llenaron de lágrimas.

—Quería tener algo que fuera solo mío, algo a lo que querer. Antes de que Mikey naciera, me resultaba muy fácil quererle. Pero ahora que está aquí, tan pequeño e indefenso, no sé qué hacer con él. Estoy tan asustada…

—Pero eres su madre. ¿Por qué estás asustada?

Chloe se miró las manos, con las uñas mordidas y pintadas de azul.

—No lo sé. Quizá sea por algo que me pasó de pequeña. Cuando mi tía tuvo una hija, mi madre me llevó a verla. Mientras mi tía y mi madre hablaban, yo fui a tomar a Trudy en los brazos y... se me cayó al suelo. Tuvieron que llamar a una ambulancia.

–¡Oh, no! ¿Le pasó algo a tu prima?

–No, nada, pero tuvo que ir al hospital a que la observaran. Yo me di un susto de muerte. Me acuerdo de que mi tía me dijo chillando que no se me ocurriera volver a tocar a su hija.

–¡Oh, Chloe, cuánto lo siento!

Debía haber sido una experiencia terrible para la joven. Un trauma que Chloe debía superar para recuperar la suficiente confianza en sí misma como para cuidar de su hijo. Pero no lo lograría de un día para otro, sería un proceso lento.

Mikey casi se había terminado el biberón.

–Verás lo que vamos a hacer –dijo Leigh–. Después de que eructe, tú le tendrás en los brazos mientras yo preparo el desayuno. Luego, vendrás conmigo para ver cómo le baño con la esponja y tú elegirás la ropa que le vamos a poner. ¿Te parece bien?

–Supongo que sí –respondió Chloe en tono vacilante.

Cuando Mikey eructó, Leigh le dio a Chloe al bebé. La chica le agarró como si fuera una figurita de porcelana. Pero cuando él la miró y gorjeó, Chloe sonrió.

–Hola, Mikey –susurró Chloe–. Hola, soy tu madre. ¿Qué te parece?

Capítulo Siete

Wyatt había dudado si dejar a Leigh a solas con Chloe y, al final, había decidido pasar el día en el complejo turístico.

Cierto que había sido una decisión cobarde, pero tenía sus motivos. Chloe y él discutían mucho, sobre todo, ahora que su hija no se encontraba bien. Sin él, las dos estarían más relajadas. Además, era miércoles y llevaba años pasando ese día de la semana en Wolf Ridge Lodge con el fin de solucionar problemas y asuntos de los que sus empleados quisieran hablar con él; por añadido, estaba fuera mientras el servicio de limpieza le limpiaba la casa.

Pero ese día le resultaba imposible pensar solo en el trabajo. No conseguía quitarse de la cabeza a Leigh y no cesaba de debatirse sobre el rumbo que iban a tomar sus relaciones. Leigh había mencionado el problema de mantener relaciones con Chloe en la casa y estaba en lo cierto; antes o después, su hija les descubriría. Eso sería una calamidad.

Pero encontraría la forma. Al fin y al cabo, era el dueño de un hotel. El único problema sería sacar a Leigh de la casa por la noche. No obstante, de una forma u otra, lo conseguiría. Quería disponer de tiempo para hacer el amor con ella.

Quizá no fuera el hombre adecuado para una relación prolongada y seria, pero sabía cómo hacer feliz a una mujer en la cama.

–¡Estoy aburrida! –Chloe pasó de un canal a otro de televisión y, al final, tiró el control remoto al suelo–. ¿Por qué no puedo ir a ver a mis amigas?

–Es viernes, tus amigas están en el instituto –Leigh apartó los ojos de la cesta con la ropa recién lavada del bebé–. Podrías invitarlas a pasar aquí el fin de semana. ¿Por qué no lo hablas con tu padre cuando vuelva?

–Dirá que no. Quiere tenerme aquí encerrada, como en una cárcel.

–Eso es una tontería. Quiere lo mejor para Mikey y para ti, eso es todo.

–No necesito que me protejan. Me estoy volviendo loca en esta casa. ¡Y no tengo nada de ropa! ¡Quiero ir de compras!

Leigh suspiró.

–Tranquilízate, Chloe. Ya verás que tu cuerpo pronto volverá a estar como antes. Además, puede que sea algo precipitado salir por ahí con Mikey. Podría ponerse malo.

Chloe murmuró algo para sí misma, se levantó del sofá y subió las escaleras. Probablemente iba a su cuarto a hacer algo en el ordenador. ¿Estaría el equipo de seguridad de Wyatt vigilando la actividad de Chloe por Internet?

Ese era el problema, ella había dejado muy claro que no iba a vigilar a la chica.

Mikey se había dormido hacía una hora, pronto se despertaría y demandaría su atención. Su sobrino era un ángel, pero atenderle todo el día la estaba dejando agotada.

Chloe se había limitado a tenerle en los brazos, pero nada más. Mientras ella le bañaba, la chica había lanzado una rápida mirada al cordón umbilical y había declarado que era una guarrería. Quizá Wyatt tuviera razón y Mikey estaría mejor con unos padres adoptivos, Chloe seguía siendo una niña. No obstante, era demasiado pronto para darse por vencida. A pesar de su falta de madurez, se notaba que Chloe quería mucho al bebé.

La música rap le llegó a los oídos desde la habitación de Chloe. El ruido despertó a Mikey. Leigh corrió por el pasillo hasta el cuarto del niño. Acababa de tomarle en brazos cuando sonó el timbre de la puerta.

Con Mikey en brazos, bajó las escaleras y abrió.

Era una mujer de mediana edad acompañada de dos hombres jóvenes. Los tres llevaban uniformes de colores granate y gris con el logotipo de Wolf Ridge Resorts y tarjetas de identificación.

–Somos el equipo de limpieza –la mujer era bajita, corpulenta, de rizos canosos y una sonrisa que le iluminó el redondo rostro. Su sonrisa se agrandó al clavar los ojos en el bebé–. ¡Vaya, así que este es el caballero! Hola, señor Mikey.

Evidentemente, la mujer había hablado con Wyatt.

–Entren, por favor –dijo Leigh apartándose para cederles el paso–. Haremos lo posible para no estorbarles.

–No, somos nosotros quienes intentaremos no estorbarles –la mujer entró y envió a los dos jóvenes al fondo de la casa, donde estaban los artículos de la limpieza–. Me llamo Dora. Llevo nueve años viniendo a limpiar aquí. El señor Richardson confía plenamente en mí y sabe que mantendré la boca cerrada.

Leigh desvió la mirada a la tarjeta de identificación de la mujer y vio que era la supervisora de la limpieza.

–Encantada de conocerla, Dora –dijo Leigh–. Mikey no está de muy buen humor en este momento. Se acaba de despertar y tiene el pañal manchado.

–¡Bah, eso da igual! –Dora tomó al niño en sus brazos–. Estoy acostumbrada, mi marido me dejó y he criado a mis cuatro hijas sola, todas niñas. El señor Richardson me ha dicho que usted es nueva en esto. ¿Quiere que le dé mi teléfono? Puede llamarme en cualquier momento si tiene alguna duda o algún problema con el niño y no sabe qué hacer.

–Sí, muchas gracias, se lo digo con toda sinceridad –a Leigh le pareció que aquella mujer acababa de salvarle la vida–. Espero no tener que molestarla demasiado.

–No me va a molestar en absoluto –Dora alzó al niño en sus brazos y lo acunó. A pesar de lo pequeño que era, Mikey pareció encantado–. ¡Qué guapo es! ¡Y tiene los ojos de su abuelo! Va a ser un rompecorazones, igual que su abuelo.

Dora, temiendo haber hablado más de la cuenta, se calló momentáneamente.

–Bueno, ¿dónde está la joven madre? –preguntó Dora.

La música de rap respondió a su pregunta. Dora sacudió la cabeza.

–Así no vamos a ir muy lejos –añadió la mujer.

Cuando Leigh quiso darse cuenta de lo que pasaba,

Dora estaba recorriendo el pasillo con Mikey en sus brazos antes de detenerse delante de la puerta del cuarto de Chloe y llamar.

La música cesó. La puerta se abrió al cabo de unos segundos.

–Ah, hola, señorita Chloe –dijo Dora–. Ya que la música ha despertado al niño, aquí lo tienes, todo tuyo. Y necesita que le cambies el pañal.

Chloe arrugó la nariz.

–No tengo por qué hacer eso, tenemos una niñera.

–La madre eres tú. El trabajo de una niñera es ayudar, no ocupar tu puesto –Dora volvió la cabeza y miró a Leigh–. Señorita Foster, si no le molesta, traiga unos pañales, unas toallitas de aseo y una toalla.

La autoridad de la mujer era innegable. Leigh corrió al cuarto de Mikey y volvió con lo que Dora le había pedido. Dora, que había criado a cuatro hijas, le estaba dando una lección de cómo tratar a una enfurruñada adolescente, una lección que necesitaba con urgencia.

–Papá, he cambiado a Mikey de pañales hoy.

–¿Y eso? –Wyatt levantó los ojos del plato con pollo, patatas y salsa.

–El pañal estaba asqueroso, pero lo he hecho. Y también le he dado el biberón.

–Ah, qué bien.

Leigh miró a padre y a hija. Chloe parecía buscar la aprobación de su padre, pero Wyatt estaba demasiado ensimismado para notarlo. Pensó en elogiar ella a la chica, pero no lo hizo. Dora le había aconsejado no alabar a Chloe por ayudar con su hijo, la chica tenía que aprender que eso era lo normal.

Dora había conseguido con Chloe más de lo que Leigh había creído posible. Años atrás la había cuidado y Chloe la obedecía sin rechistar.

Leigh pensaba que, además, se había ganado una amiga que la podía aconsejar cuando lo necesitara. Dora ya le había dicho varias cosas que podía hacer para conseguir que Mikey se durmiera con más facilidad. Ahora, el baño de plástico del niño estaba en la habitación de Chloe junto con pañales, toallitas sanitarias y pijamas.

Leigh miró a Wyatt y, en ese instante, rememoró la noche de pasión que habían compartido. Tenía ganas de repetir la experiencia, pero Wyatt parecía ausente ese noche.

–Van a traer un coche nuevo mañana –dijo Wyatt–. Es un Mercedes con tracción a las cuatro ruedas y las ruedas son apropiadas para la nieve. Va a ser tu medio de transporte, Leigh. Puedes utilizarlo para hacer recados y para llevar a Chloe y al niño adonde tengan que ir.

Chloe dejó el tenedor en la mesa de golpe.

–¿Y yo? ¿Qué hay de mi coche deportivo?

Wyatt suspiró.

–No se puede ir en un deportivo por estas carreteras durante el invierno, Chloe. Además, todavía no he visto ese carné de conducir que dices que te has sacado.

–¡Sé conducir! –protestó Chloe.

–Es posible. Pero, sin carné, no vas a ponerte al volante de ningún coche.

Chloe hizo un mohín.

–Eso no es justo, papá. No pude sacarme el carné porque me quedé embarazada y tuve que dejar el colegio. Pero mamá me dejaba conducir. Pregúntaselo si no me crees. ¡Conduzco bien!

–No vas a conducir sin carné, jovencita. En Internet tienen el libro del examen teórico de conducir, apréndetelo y haz el examen.

–¿Si lo hago me comprarás un deportivo?

–Ya veremos. Quizá en primavera, cuando se haya ido la nieve.

–¡No! ¡Me lo prometiste! Hace dos años dijiste que… –Chloe se interrumpió al ver la mirada seria de su padre–. ¡Bah, olvídalo! ¡Está claro que no se puede creer lo que dices!

Chloe se levantó de la silla bruscamente y salió de la cocina. En toda la casa se oyó el portazo que dio al cerrar la puerta de su habitación. Y despertó a Mikey.

–Voy a por el niño –dijo Leigh poniéndose en pie.

Corrió escaleras arriba. Chloe había avanzado mucho aquel día, pero seguía siendo una cría de dieciséis años.

Wyatt, con un suspiro, apartó el plato medio lleno. El altercado con Chloe le había quitado el apetito.

Leigh regresó con Mikey, que le estaba chupando el cuello de la camisa, unos minutos después.

–Está muerto de hambre –dijo ella–. ¿Te importaría sujetarle mientras le preparo el biberón?

–No, en absoluto.

Wyatt extendió los brazos hacia el niño, sorprendido de la facilidad con la que se estaba acostumbrando al pequeño. Tenerle en brazos le parecía tan natural como respirar.

Mikey le miró.

–Hola, Mikey –dijo él con una voz grave que al pequeño parecía gustarle–. ¿Qué has hecho hoy?

Wyatt se preguntó cómo sería el chico al cabo de unos años. ¿Le gustaría esquiar? ¿Sería buen estudiante? ¿Gustaría a las chicas?

Pero si todo salía como tenía planeado, nunca lo sabría. ¿Cómo iba Chloe a criar a un niño siendo también una niña?

Leigh se encontraba junto al mostrador de la cocina, esperando a que el biberón estuviera listo, observando al niño y a él. La ternura de su mirada le llegó al corazón. Pero sabía que no era por él, sino por Mikey. Por bien que lo hubieran pasado en la cama, Leigh no tenía motivos para quererle.

–Mikey está muy a gusto contigo –dijo ella–. Se te dan muy bien los niños.

–Te equivocas, Leigh. La experiencia me ha demostrado lo contrario.

–No te creo. Mírate.

Leigh, con el biberón ya listo y en la mano, se acercó a la mesa. Mirarla era un placer. Le excitaba verla mover las caderas y caminar con esas piernas largas. La imaginó desnuda a la luz de las velas, la suave iluminación bañándole la piel, sus deliciosos pechos temblando tumbada en la cama mientras le esperaba…

¡Maldición!

–Ya que Mikey está a gusto contigo, ¿por qué no le das tú el biberón?

¿Acaso Leigh no había oído lo que acababa de decirle? ¿Estaba intentando convencerle de que estaba equivocado?

Wyatt sacudió la cabeza.

–No, dáselo tú. Por cierto, es increíble lo que ha cambiado en solo un día.

Un pecho de Leigh le rozó la oreja al ir a tomar al bebé. Después, se sentó en la silla contigua, acomodó al niño en sus brazos y le acercó el biberón a los labios. Mikey ya era un profesional. Ella sonrió.

–Dora ha dicho hoy que Mikey parece ser uno de esos niños que saben manejarse en la vida desde el momento en que nacen. Dice que tiene un alma de viejo.

Wyatt trató de ignorar el nudo que se le hizo en la garganta.

–Dora es una joya.

–Sí, lo es. Y sabe arreglárselas con Chloe de maravilla.

–Ya. Chloe –Wyatt lanzó un suspiro–. ¿Has visto cómo se ha puesto por lo del coche? ¿En serio crees que está preparada para ser madre?

–Nunca he dicho que lo estuviera –respondió Leigh en tono suave–. Pero quiere al niño y ha asumido ciertas responsabilidades respecto a él. Deberías haberla visto cambiándole los pañales y dándole el biberón. No sabes qué orgullosa estaba de sí misma. Pero esta noche, cuando te lo ha dicho, lo único que tú le has contestado es: «Ah, qué bien».

–¿Y qué otra cosa podía decir? ¿Debería sentirme orgulloso de que mi hija de dieciséis años cambie los pañales y dé de comer a su…? –Wyatt se mordió la lengua para no pronunciar la terrible palabra.

–¡Wyatt! –exclamó Leigh con expresión de horror–.

Chloe todavía es una niña y con la única persona con la que puede contar de momento es contigo. Necesita sentirse apoyada por ti, que le demuestres que tienes confianza en ella. Te necesita… y te quiere.

–Pues no lo demuestra.

–Supongo que no sabe cómo –Leigh miró al niño y después a él con sus ojos de color ámbar–. Yo tenía la edad de Chloe cuando mi padre murió en un accidente de avión. Ese día por la mañana, antes del accidente, discutimos porque él me había prohibido ir a una fiesta. Al salir de la casa con la maleta, lo último que le dije fue: «Te odio».

La emoción que notó en su voz le encogió el corazón.

–Por supuesto, no lo dije en serio y estoy segura de que mi padre lo sabía. Pero con los años… –Leigh sacudió la cabeza–. Daría cualquier cosa por haberle dicho que le quería.

–¿Le has contado eso a Chloe? –preguntó Wyatt emocionado.

–Eres la primera persona a la que se lo he dicho.

Wyatt la acarició con los ojos. Había conocido a mujeres deslumbrantes, pero a Leigh la hermosura le calaba hasta los huesos.

Leigh, como sobrecogida por un repentino dolor, miró a Mikey. ¿Se arrepentía de su confesión?

Durante un instante, se sintió tentado de hablarle de su padre, pero jamás había revelado esa parte de su vida a nadie; además, era algo horrible. Lo que realmente quería era abrazarla y volver a acostarse con ella. Pero tendría que esperar a un mejor momento y un lugar más apropiado.

Wyatt se levantó, se colocó de espaldas a ella, le puso las manos en los hombros y comenzó a darle un masaje. Ella respondió con un susurro que despertó cierto tipo de imágenes en su mente.

–Gracias –dijo Wyatt, controlando el deseo–. En serio te agradezco que me hayas contado eso. Me ha ayudado a ver con más cláridad los problemas de Chloe.

–A esa edad, yo no era muy diferente a ella. Pero tuve que madurar rápidamente después de su muerte. Chloe también madurará.

–Sí, lo sé –respondió Wyatt–. Estoy seguro de que tu padre sabía que le querías.

Mikey comenzó a agitarse, rompiendo la intimidad que estaban compartiendo.

–Por cierto, desde que estoy aquí no he llamado a mi madre –dijo Leigh–. Después de acostar a Mikey, voy a llamarla, antes de que se me haga tarde. ¿Te importa?

–No, claro que no –respondió Wyatt evitando que se le notara desilusionado.

La vio desaparecer y pensó en que el movimiento de sus caderas susurraba seducción.

Wyatt se maldijo a sí mismo. ¿Qué le estaba haciendo esa mujer? De no haber tenido el niño en los brazos y si Chloe no hubiera estado en la casa, la habría agarrado y la habría arrastrado a besos hasta su dormitorio. Pero, Leigh estaba ahí por Chloe y por el niño, no le quedaba más remedio que esperar.

***

Después de acostar a Mikey, Leigh llamó a su madre. Pero fue Kevin quien contestó.

–Hola, hermana. ¿Qué tal te va ese trabajo de agente secreto? ¿Desde dónde nos llamas, Bangladesh?

–¡No seas tonto! –Leigh lanzó un carcajada. ¿Qué haría Kevin si se enterara de que estaba a menos de una hora de camino y cuidado de su hijo?–. ¿Cómo está mamá? ¿Está en casa?

–Sí, aquí, a mi lado, tirando de mí para que le pase el teléfono… Su madre se puso al aparato.

–¿Qué tal todo, hija?

Leigh evocó su imagen. Diane Foster era una superviviente, una mujer que escondía su vulnerabilidad bajo una aparente dureza que necesitaba para sobrevivir.

–Todo bien, mamá. Solo quería saber cómo estáis.

–Nos las arreglamos, hija. Con un poco de suerte, he conseguido compradores para la casa de Meriwether. Y Kevin ha sacado todo sobresalientes en los exámenes trimestrales. Pero te echamos de menos. Me gustaría saber algo más de ese trabajo nuevo tuyo.

–Lo siento, mamá, pero he firmado un contrato que me prohíbe hablar de ello. No te preocupes, de verdad, estoy bien. Os llamaré de vez en cuando y, si necesitáis algo, llamadme al móvil.

–Sí, lo sé. Pero no quiero molestarte si estás… –su madre se interrumpió–. ¿Qué ruido es ese?

A Leigh le dio un vuelvo el corazón. Mike se había despertado y había empezado a llorar.

Capítulo Ocho

–¿Qué es eso que se oye? –preguntó la madre de Leigh otra vez–. Parece un niño llorando.

–Es un niño –respondió Leigh al lado de la cuna. No serviría de nada negarlo, eso solo avivaría las sospechas de su madre–. Se supone que no se lo puedo decir a nadie, pero estoy trabajando de niñera para un famoso. No puedo decir quién es ni dónde estoy. Y, por favor, no se lo digas a Kevin. ¿Está ahí contigo?

–No, se ha ido a su habitación.

–Bien. Kevin no puede enterarse, mamá. Si lo hiciera, podría decírselo a algún amigo o intentar averiguar quién es el famoso. Y yo perdería un trabajo que paga muy bien.

–Lo comprendo, hija –respondió su madre con dulzura–. No te preocupes, no se lo diré a nadie. Pero no quiero estar preocupada por ti, así que tienes que prometerme que me llamarás de vez en cuando para decirme cómo estás. ¿De acuerdo?

–Te lo prometo. Y ahora te dejo, tengo que encargarme del niño. Te llamaré pronto. Un beso.

Tras finalizar la llamada, Leigh levantó a Mikey en sus brazos y el niño, al instante, dejó de llorar. Se estaba acostumbrando a estar en los brazos. Al día siguiente iba a llamar a Dora para preguntarle si no era mejor dejar que llorara un poco.

–¿Qué te pasa, Mikey? –le acarició la coronilla con los labios–. ¿Qué te parece la vida?

Mikey emitió un sonido gutural y se dio con la cabeza en su hombro. Riendo, ella le puso la nariz en la nuca y respiró hondo.

–Mi niño precioso –susurró Leigh–. Te quiero mucho, no lo olvides nunca.

–Vaya suerte que tiene el pequeño –dijo Wyatt desde la puerta–. ¿Qué tengo que hacer para recibir el mismo trato?

Leigh, asombrada, alzó la vista. ¿Cuánto tiempo llevaba allí?

–¿Estabas espiándonos?

–No, ni mucho menos. No me apetecía estar solo. Iba a ver las noticias por televisión y te iba a preguntar si querías verlas conmigo mientras tomamos un chocolate caliente.

–Gracias, pero lo del chocolate no me apetece. Aunque sí vería el telediario contigo si no te importa que lleve a Mikey.

Leigh le siguió hasta la acogedora zona de estar del último piso. Wyatt había difuminado la luz y había encendido la chimenea de gas.

Se sentó en el sofá con el niño y Wyatt se sentó a su lado, con el brazo estirado a lo largo del respaldo, pero sin tocarla. Debía estar preocupado por que Chloe saliera de la habitación y pudiera verles.

Con el control remoto, Wyatt sintonizó una cadena de televisión local.

–Puede que nieve pronto y nuestro negocio es la nieve. ¿Sabes esquiar?

Leigh negó con la cabeza.

–Podría enseñarte.

Ella forzó una carcajada.

–No, gracias. No tengo buena coordinación y, probablemente, me rompería algo. Y si eso ocurriera, ¿crees que podría cuidar de Mikey escayolada?

–Quizá en el futuro –los dedos de él le rozaron el hombro–. Leigh, la otra noche no fue suficiente. Quiero volver a estar contigo, tranquilamente.

El mensaje era claro. Miró a Mikey, temerosa de que Wyatt viera deseo en sus ojos. Estaba muerta de ganas de acostarse con él. Pero, cada vez que lo hiciera, aumentaría el riesgo de que él la descubriera. Y si se enterase de la verdad, no querría volver a verla en su vida.

–¿Leigh? ¿Me he equivocado al creer que tú también lo quieres?

Leigh se obligó a mirarle. Las llamas de la chimenea se reflejaron en sus ojos, unos ojos que habían ardido de pasión por ella. Hacer el amor con él era lo que más deseaba, pero ¿esa intimidad no conduciría a un final amargo?

Leigh sacudió la cabeza e hizo un esfuerzo por mostrarse tan honesta como podía serlo dadas las circunstancias.

–No, Wyatt, no te has equivocado. Me encantaría estar contigo, pero la situación es algo complicada. Estoy un poco desbordada. Mikey y Chloe me ocupan todo el tiempo.

–De acuerdo. Pero solo por el momento, Leigh. Como sabes, no soy un hombre paciente, no voy a esperar mucho.

Mikey gimió como un cachorrillo pidiendo atención. Wyatt acarició la mano del pequeño y este le agarró un dedo.

–Es un niño precioso, ¿verdad? –dijo Wyatt riendo–. No me extraña que te hayas encariñado con él.

En ese momento, empezaron a dar la predicción del tiempo en la televisión y Wyatt, aún con el dedo aprisionado por Mikey, fijó la atención en el televisor.

Cuando acabaron de dar el tiempo, Wyatt sonreía como un colegial.

–¡Nieve! No va a ser una tormenta importante, pero nevará lo suficiente para abrir al público. ¿Qué te parece, Mikey?

Pero Mikey se había dormido en los brazos de Leigh.

Wyatt sacó el dedo del puño del niño y se quedó mirando a su nieto.

–Es maravilloso, ¿verdad?

–Sí que lo es. Se parece mucho a Chloe. Bueno, voy a acostarle ahora que se ha dormido –conteniendo la emoción, Leigh se puso en pie con el niño y comenzó a andar.

–Leigh –la voz de él la hizo detenerse.

–¿Qué?

–Después de acostarle, vuelve aquí.

Leigh se marchó sin replicar. Volver con él abriría la puerta al desastre. No podía fiarse de sí misma con ese hombre. Pero el instinto le dijo que nada ni nadie podría apartarla de él.

Mikey estaba profundamente dormido y no se movió cuando le acostó en la cuna. A pesar de ello, Leigh permaneció a su lado, mirándole mientras contenía el deseo de salir corriendo a reunirse con Wyatt.

Dejó de oír el televisor. ¿Se había dado Wyatt por vencido y había bajado a su dormitorio? Con el pulso acelerado, regresó a la zona de estar. El televisor estaba apagado y el sofá vacío.

Estaba a punto de darse la vuelta para ir a su cuarto cuando la puerta de la terraza se abrió y Wyatt entró. Sus ojos azules brillaban, el frío le había enrojecido las mejillas.

–Sal conmigo. Tienes que ver una cosa –dijo él.

Wyatt agarró una manta de lana del sofá y la alzó para envolverla con ella.

–Venga, ven. Esto te quitará el frío. Y ahora cierra los ojos.

Protegida por la espesa lana, Leigh se dejó llevar a la terraza. Al salir, Wyatt cerró la puerta y la guió hasta la barandilla.

–¡Abre los ojos! –dijo él.

Leigh abrió los ojos. Nevaba. A sus pies, vio las luces del complejo bajo un velo de copos de nieve. Pero ahí arriba, donde estaban ellos, todo era nieve y oscuridad.

–Es mágico –susurró ella–. Es como una imagen soñada de la Navidad.

La risa de él le cosquilleó el oído mientras la acercaba a su cuerpo. Y entonces la besó, con la pasión con la que siempre había anhelado que la besaran, en medio de la noche, bajo la nieve.

¿Se estaba enamorando?

Habían transcurrido dos semanas. Mikey no dejaba de crecer, cada vez más espabilado y completamente adorable. El sano y joven cuerpo de Chloe se estaba recuperando rápidamente del parto. Había conseguido ponerse los pantalones vaqueros de antes de quedarse embarazada y quería ir al pueblo para comprar ropa nueva y para salir con sus amigos.

Wyatt pasaba la mayor parte del tiempo en el complejo turístico y hacía oídos sordos a las constantes quejas de Chloe. Por fin, por intercesión de Leigh y después de haberse ofrecido para llevar a Chloe en el coche, Wyatt accedió. Pero a condición de que Leigh no perdiera de vista a su hija y la trajera de vuelta a la hora de la cena.

Mikey se iba a quedar en casa. Wyatt le había pedido a Dora que se quedara cuidando de él, pero la mujer agarró un resfriado en el último momento. Al ver las lágrimas de Chloe, Wyatt se había ofrecido para cuidar del niño. Aunque tenía mucho trabajo en el complejo, podía hacer algo desde el despacho de su casa mientras Mikey dormía.

En la terraza, con Mikey en sus brazos envuelto en mantas, vio desaparecer el Mercedes. Era hora de dejar salir a Chloe. Su hija necesitaba divertirse un poco y, además, no podía pasarse la vida vigilándola.

En una de sus rabietas, Chloe le había acusado de protegerla demasiado. Suponía que su hija tenía razón, pero también era cierto que había gente dispuesta a explotar los problemas de su familia y a hacerles daño. Quería, necesitaba, mantener a su familia a salvo; y, a pesar de no haber querido implicarse con el niño, Mikey era parte de esa familia.

¿Y Leigh? Entre su trabajo, el de ella y los problemas familiares, no habían tenido tiempo de estar solos, a penas unas miradas cruzadas, un roce accidental… Pero bueno, mejor que nada. No obstante, no era suficiente. La quería en sus brazos y en su cama. Y se le había agotado la paciencia.

Esperaba que a Leigh le ocurriera lo mismo.

Mikey empezó a agitarse en sus brazos, acababa de despertar. Le acarició los rizos de la cabeza con los labios.

–Hola, chicarrón –murmuró Wyatt–. ¿Qué te parece si vemos un partido en la televisión?

Mientras Leigh conducía, los dedos de Chloe volaban sobre el teléfono móvil. La hija de Wyatt estaba deseando ver a sus amigas y pasar la tarde del sábado con ellas en el centro comercial debía parecerle el paraíso.

Leigh tenía encargado seguirla a una distancia discreta y hacer como si no estuviera con ellas. Chloe tenía su propia tarjeta de crédito y permiso para comprar lo que se le antojara. Sus amigas, todas ellas de familias adineradas, probablemente también tuvieran tarjetas.

Para los adolescentes, el nuevo centro comercial de Dutchman´s Creek era el centro social del pueblo. Las amigas de Chloe estaban esperándola en la puerta principal. Salieron corriendo a recibirla con gritos y saltos.

Leigh se apartó, sintiéndose una vieja carabina. Fragmentos de la conversación llegaron a sus oídos: chicos, citas, ropa y el niño. Chloe parecía feliz. Quizá hubiera llegado el momento de que Wyatt enviara a su hija de vuelta al colegio privado al que había ido el año anterior. Se lo mencionaría a la primera oportunidad que se le presentara.

Aunque esas oportunidades no solían ser frecuentes. Wyatt pasaba la mayor parte del tiempo trabajando, preparándolo todo para la nueva temporada. Recordó lo que Chloe le dijo el primer día, que Wyatt era generoso con su dinero, pero no con su tiempo. Ahora lo comprendía. ¿Cómo podía una mujer competir con el trabajo de él?

Leigh le había visto tan poco que había empezado a preguntarse si no había imaginado el beso bajo la nieve. No obstante, ella estaba igualmente ocupada con Chloe y con Mikey.

Y nadie, ni Chloe ni Wyatt, habían vuelto a mencionar la idea de dar a Mikey en adopción.

Riendo y charlando, las cuatro chicas se dirigieron a la zona principal del centro comercial. Al cabo de un rato, Chloe metió en bolsas sus compras: dos jerseys de cachemira, una chaqueta de cuero, pantalones de diseño, botas, un bolso de quinientos dólares y varios juegos de ropa interior.

Leigh, que se había ofrecido para llevar las bolsas, acabó cargada como una mula. Se alegraba de llevar zapatos cómodos para andar, pero se estaba cansando.

Les llegaron los olores y sonidos de la zona de restaurantes del centro.

–¿Tenéis hambre? –preguntó Chloe–. ¡Hamburguesas y batidos para todas, invito yo!

Como pajarillos revoloteando, las chicas se acoplaron alrededor de una mesa. Chloe chasqueó los dedos para llamar al camarero. Era evidente que la hija de Wyatt se encontraba en su elemento.

–¿Te apetece tomar algo, Leigh? –le preguntó Chloe.

–Solo un refresco, gracias.

Leigh se sentó en una mesa próxima a la de ellas. Las chicas la ignoraron y, entre risas, sacaron los móviles para ver si tenían mensajes.

Leigh, tomando un respiro para descansar, volvió a pensar en Wyatt. Ese día estaba a solas con Mikey. Cada vez parecía más a gusto con su nieto, pero… ¿y si pasaba algo? ¿Sabría arreglárselas solo?

De repente, notó que las chicas se habían callado. Siguió sus miradas y vio a tres guapos chicos paseando al otro extremo de la zona en la que se encontraban.

El corazón le dejó de latir.

Uno de los chicos era Kevin.

Kevin y sus amigos, John y Mark, se habían parado a la entrada de la zona de restaurantes y miraban a su alrededor, quizá para ver si veían a algún otro amigo.

Presa del pánico, Leigh agachó la cabeza y dio una palmada a Chloe en el hombro.

–Necesito ir al baño –le susurró a la chica–. Echa un vistazo a las bolsas.

Chloe no le prestó atención mientras se movía por las mesas de espaldas a los chicos. Esperaba que Kevin no advirtiera la presencia de la madre de su hijo. Pero ¿era realista eso, teniendo en cuenta lo llamativos que eran los rizos rojos de Chloe?

Leigh llegó al pasillo en forma de ele donde estaban los servicios de señoras. Pegándose a la pared, asomó la cabeza. Los chicos se estaban acercando a la mesa de Chloe y sus amigas, las chicas reían; todas, excepto Chloe, que se había quedado muy quieta y con los ojos bajos y fijos en sus manos.

Los chicos acababan de pasar por delante del pasillo de los servicios de señoras, tan cerca de ella que, con estirar la mano, podría haber tocado a su hermano. De repente, Kevin se paró en seco.

–Eh, tío, ¿qué te pasa? –le preguntó Mark.

–Nada. Acabo de acordarme de que tengo que hacerle un recado a mi madre –parecía como si Kevin acabara de ver un fantasma.

–¿Ahora que vamos a hablar con esas chicas?

–Id vosotros. Os llamaré luego.

Kevin se dio media vuelta y se marchó por donde había venido.

Sus dos amigos se lo quedaron mirando.

–¿Qué le ha pasado? –preguntó John.

Mark se encogió de hombros.

Leigh recuperó la respiración. Pero aún no estaba fuera de peligro. Los amigos de Kevin la conocían, habían estado en su casa. ¿Y si se reunían con las chicas? ¿Y si se iban todos juntos por ahí?

Los amigos de Kevin habían dado unos cuantos pasos más cuando Mark se paró y lanzó una maldición.

–Eh, conozco a esas chicas. Van a Bradford Hill. Son muy ricas, no se les ocurriría hablar con nosotros. Vámonos antes de hacer el ridículo. Probemos suerte en otro sitio.

Leigh suspiró de alivio cuando los chicos se volvieron y se fueron. Había estado a punto de ser descubierta.

Había logrado salir bien parada del trance, pero

Dutchman´s Creek era un lugar pequeño. Sin duda, habría más incidentes como aquel y quizá la próxima vez no tuviera tanta suerte. No había remedio, antes o después se descubriría todo. Y cuando eso ocurriera, las consecuencias podrían ser terribles.

Capítulo Nueve

A principios de noviembre las pistas estaban cubiertas por una capa de nieve de un metro y veinte centímetros. Wyatt había esperado más pero, con la ayuda de las máquinas de nieve, había suficiente para iniciar la temporada. El hotel y el albergue estaban ocupados en su totalidad, los restaurantes y las tiendas abarrotados de visitantes.

En casa todo iba bien. Mikey, grande y robusto, parecía un querubín. Chloe había empezado a estudiar por Internet y volvería al colegio en primavera, después de las nieves. Pero había conseguido hacerle prometer dejar que invitara a sus amigas a pasar unas vacaciones esquiando durante la época navideña.

En cuanto a Leigh…

Wyatt miró el cielo desde la terraza. Su humor estaba como el tiempo. Desde el día que fue al centro comercial con Chloe, Leigh estaba más fría con él. Parecía evitarle incluso. Algo había ocurrido y no sabía qué.

Pero la frustración no había calmado su deseo, en todo caso, lo había aumentado. Y había llegado el momento de hacer algo al respecto.

De una forma u otra, antes de que acabara la semana, estaba decidido a acostarse con la hermosa niñera. De momento, Leigh había ido a pasar un par de días con su familia. Iba a regresar el miércoles por la noche.

–¿Por qué estás aquí, papá? Hace mucho frío –Chloe estaba en la puerta, su sonrisa le decía que su hija quería algo.

Preparándose para cualquier cosa, la siguió al interior de la casa.

–Dime, papá, ¿me he portado bien? –preguntó Chloe–. He hecho los deberes y he cuidado de Mikey este tiempo que Leigh no ha estado.

–Sí –Wyatt arqueó las cejas–. Creo que tienes arreglo.

Chloe rio coqueta.

–En ese caso, papá…Verás, el viernes es el cumpleaños de Monique y va a dar una fiesta en su casa. Todas mis amigas van a ir. No sería necesario que Leigh me llevara. Amy me ha dicho que puede venir a recogerme y traerme de vuelta al día siguiente. Por favor, papá, déjame ir.

Su hija le suplicaba como un cachorrillo. Y él tuvo que admitir que se había ganado un poco de diversión.

–Te dejaré ir, pero con una condición: que los padres de Monique estén allí –respondió Wyatt–. Así que dame su número de teléfono para llamarles.

–¡Gracias, papá! ¡Eres el mejor padre del mundo! Le voy a mandar un mensaje a Monique para que me dé el número de teléfono de su casa –Chloe dio un salto, luego le dio un beso en la mejilla y corrió escalera abajo a su habitación.

Mientras la veía marchar, a Wyatt le dieron ganas de echarse atrás. Quizá estuviera protegiendo demasiado a su hija, pero Chloe era una chica que se había acostado con otro chico sin utilizar anticonceptivos y después de beber. Debía tener cuidado con ella.

No obstante, Chloe se merecía un respiro. Además, sin Chloe allí esa noche, podría estar por fin a solas con Leigh. Daba la coincidencia de que ese viernes era la fiesta anual del complejo turístico. Si Dora podía encargarse de Mikey, pondría su plan en acción.

Se había reservado una habitación aislada en el albergue para aquellos días que necesitaba trabajar hasta tarde. La suite le servía también para cuando le visitaba alguna mujer. Pero al visualizar el cuarto de estar y el dormitorio de la suite, se dio cuenta de que no quería eso para Leigh.

En parte, debido a los muchos recuerdos: mujeres, desde estudiantes universitarias a modelos y estrellas de cine, habían pasado por esa cama durante años. Algo le dijo que Leigh se daría cuenta y eso estropearía el ambiente romántico. Aunque ninguno de los dos quería una relación permanente, Leigh no se merecía que la tratara como un encuentro sexual de una noche. Quería algo especial para ella, un escenario perfecto, lo mejor que el dinero pudiera comprar.

Junto al albergue de estilo rústico estaba el lujoso hotel de quince pisos. La mayor parte del ático la ocupaba una suite con jacuzzi en la terraza, ascensor privado y una vista espectacular de las montañas. El lugar estaba reservado para gente famosa, personas de la realeza y multimillonarios. La noche ahí costaba diez mil dólares.

Como propietario, podía ocupar la suite cuando le apeteciera. Quería impresionar a Leigh, más aún, quería que se diera cuenta de lo importante que ella era para él. Y quería hacerle el amor en un lugar suntuoso donde nadie pudiera molestarles.

Con Kevin en el colegio, Leigh había invitado a su madre a almorzar fuera. Por la noche, los tres habían ido a cenar una pizza y luego al cine.

A eso de las diez, su madre se fue a la cama, dejándola a solas con su hermano en la cocina. Kevin se sirvió un vaso grande de leche con chocolate en polvo y se sentó a la mesa. En su bonito rostro se podía ver una expresión preocupada.

–¿Qué te pasa? –le preguntó Leigh–. Sabes que conmigo puedes hablar sin rodeos.

Kevin suspiró y removió la bebida con una cuchara.

–Sé que no debería darle vueltas, pero vi a Chloe hace un par de semanas en el centro comercial con unas amigas.

–¿Hablaste con ella? –preguntó Leigh fingiendo no saber nada.

–No. Me di media vuelta y me marché. Creía que Chloe se había marchado de aquí para siempre. Pero ha vuelto, como si nada.

–¿Y eso te preocupa?

–Puede que no debiera preocuparme, pero había un niño de por medio, Leigh. Mi hijo. Me dijo que se iba a deshacer de él, no sé si quería decir que iba a abortar o que lo iba a dar en adopción. Supongo que nunca sabré lo que ha pasado –Kevin sacudió la cabeza–. Por supuesto, no puedo ir a preguntárselo, Chloe no quiere saber nada de mí. Pero no consigo quitármelo de la cabeza. No hago más que preguntarme si era niño o niña, cómo sería…

–Lo siento mucho, Kevin –Leigh se moría de ganas de hablarle de Mikey, de lo encantador que era y de lo mucho que le quería. Pero si se lo contaba, destrozaría la vida de su hermano.

¿Cuánto tiempo lograría mantenerlo en secreto? Antes o después, todo saldría a la luz y la gente a la que más quería sufriría.

–Tienes que seguir con tus estudios y olvidarte de eso –dijo ella–. Tienes toda la vida por delante, aprovecha ahora que puedes.

Quizá debiera dejar el trabajo de niñera y marcharse de allí, antes de que Wyatt, Kevin o Chloe descubrieran la verdad. Le resultaría muy doloroso dejar a Mikey, pero, dadas las circunstancias, cuanto antes mejor.

Cuanto más lo pensaba más razonable le parecía la idea. Mikey se encontraba bien y entre gente que le quería. Chloe también saldría adelante.

Y Wyatt…

No hacía más que soñar con ese hombre; en su imaginación le amaba y él le correspondía, compartían sus vidas. Pero era pura fantasía. Más tarde o más temprano, Wyatt descubriría la verdad y nunca le perdonaría haberle engañado.

Al día siguiente, cuando Leigh se marchó de la casa de su familia, ya había tomado una decisión. Según el contrato, todavía estaba en período de prueba, lo que significaba que podía dejar el trabajo en el momento que quisiera. Así que iba a pasar un par de días dejándolo todo organizado y después, se iría para siempre.

No iba a ser fácil, pero Chloe se las arreglaba ya bastante bien con Mikey y Dora estaba disponible.

Se estaba haciendo de noche cuando Leigh llegó a casa de Wyatt. Caía una nieve muy fina. Wyatt, con unos vaqueros y un jersey de esquiador, la estaba esperando en el porche. Casi se le paró el corazón al verle tan fuerte y tan guapo.

Wyatt bajó los escalones del porche apresuradamente, le abrió la puerta del coche, agarró las llaves y rodeó el vehículo para abrir el maletero y sacar la maleta.

–Vamos, entra, hace frío aquí fuera –dijo él–. Guardaré el coche luego. Estaba preocupado por ti.

–Ha habido un atasco porque una barrera de la carretera se había caído y la estaban arreglando.

Wyatt abrió la puerta de la casa y, al entrar, un olor a guindilla y galletas de queso le dio la bienvenida.

Chloe estaba en la entrada con Mikey en los brazos. Nada más quitarse la chaqueta, la chica le dio al niño.

–Menos mal que has vuelto, Leigh. Mikey estaba insoportable. Creo que te echaba de menos.

Al tomarle en sus brazos, Mikey dejó de llorar y se apoyó en su hombro. Ella le besó la cabeza y un profundo amor por aquella criatura la invadió. A pesar de la decisión que había tomado, dejar a esa gente iba a ser un auténtico sacrificio.

–¿Tienes hambre, Leigh? –le preguntó Wyatt–. Te hemos dejado comida para que cenes.

–Estoy muerta de hambre. Espero que Mikey me deje cenar.

–Yo me encargaré de él –Wyatt agarró a su nieto y

97

le acunó. Mikey se quejó un momento, pero después se contentó con chuparse el puño.

En la mesa había un servicio para ella. Mientras se servía un guiso acompañado de galletas de queso, Wyatt se sentó en frente de ella.

–Chloe, ¿no tenías que hacer los deberes? –preguntó.

Chloe le sacó la lengua y se marchó.

–Es una chica lista –dijo Wyatt.

Leigh sintió un hormigueo en el estómago bajo la penetrante mirada de él. Evitando sus ojos, se puso a comer. ¿Habría descubierto Wyatt su secreto?

Quizá debiera dejar ese trabajo ya y evitar la humillación de ser despedida.

–Quería hablar contigo, Leigh. Pero ahora que estás aquí, me siento como un adolescente al ir a invitar a una chica a su primera fiesta. Verás… me gustaría salir contigo el viernes por la noche.

Por fin, Leigh alzó el rostro.

–¿Salir conmigo?

–Sí. Todos los años damos una fiesta en el albergue para celebrar la apertura de la temporada de invierno. Podríamos pasarnos por la fiesta un rato y luego irnos y… cenar en la intimidad, en el hotel.

–¿Y…? –Leigh señaló el camino a la habitación de Chloe con un gesto.

–Va a pasar la noche en casa de una amiga que da una fiesta de cumpleaños. Ya le he pedido a Dora que se quede con Mikey y ella ha dicho que sí. Bueno, ¿qué me contestas?

Leigh bajó los ojos. Comprendía muy bien las implicaciones de la invitación. Iban a estar solos y dispondrían de todo el tiempo que quisieran.

Deseaba a Wyatt Richardson desde el primer momento que le vio y quería volver a hacer el amor con él.

Sabía que su relación no iba a ser eterna y, además, ella iba a marcharse. Pero… ¿por qué no disfrutar aunque solo fuera una noche?

–Leigh...

Leigh alzó la mirada. La vulnerabilidad que vio en esos ojos azules le dio el valor que necesitaba. Con una traviesa sonrisa, respondió con una pregunta:

–¿Cómo puedo negarle nada a un hombre con un bebé en los brazos?

Leigh no tenía ropa para la fiesta. Pero las boutiques del complejo turístico tenían de todo, desde ropa de esquí hasta ropa de fiesta. Chloe, encantada, había organizado un día de compras el jueves.

Con Mikey en el cochecito, se pasearon por las tiendas: miraron, se probaron ropa, comentaron y compararon. Wyatt le había dicho que lo que se comprara lo cargara a sus gastos, pero ella había insistido en pagar con su dinero.

Por fin encontró el vestido perfecto. Era un vestido oscuro de cóctel con un brillo verdoso y un hombro al descubierto. En la percha parecía un simple tubo. Pero cuando se lo probó, la dependienta se quedó boquiabierta y Chloe aplaudió.

La búsqueda había concluido. Casi. Había pensado calzar unos sencillos zapatos de salón negros, pero Chloe insistió en regalarle unas espectaculares botas doradas de tacón alto. Ella jamás se las habría comprado, pero daban un toque gracioso al sencillo vestido.

A Leigh no le había pasado desapercibido que tenía el mismo número de zapato que Chloe. Así que, después de la fiesta, pensaba darle a la hija de Wyatt las botas.

Después de tomar un chocolate caliente con nata, metieron las compras y a Mikey en el Mercedes. Lo habían pasado bien. Estaban relajadas y un agradable cansancio pesaba sobre ellas cuando emprendieron el camino de regreso por la carretera del cañón. Estaba divagando cuando Chloe le hizo una pregunta que la sacó de su ensimismamiento.

—Leigh, ¿te has enamorado de mi padre?

—¿Por qué lo preguntas?

—Me he dado cuenta de que le gustas mucho a mi padre. Me gustaría saber si a ti te pasa lo mismo con él.

—Bueno, sí, claro que me gusta. Sí, me gusta mucho.

—Pero ¿estás enamorada de él?

La conversación se estaba poniendo difícil.

—Podría enamorarme si creyera que la relación pudiera tener futuro —respondió Leigh—. Pero me temo que no es así.

—¿Por qué no, si tanto os gustáis?

Leigh suspiró.

—Yo quiero tener una familia y eso es algo para lo que tu padre no parece tener tiempo. Además, como tú misma has dicho, tu padre tiene un montón de novias y todas guapísimas. ¿Por qué iba a elegirme a mí?

—Porque eres lista y porque, evidentemente, no te interesas por su dinero. Y porque te llevas bien con Mikey y conmigo. ¿Por qué no te quedas a vivir con nosotros? Papá y tú podríais casaros.

A Leigh se le hizo un nudo en el estómago. Dejar a esas personas le iba a causar un gran sufrimiento.

–No es tan sencillo, Chloe. Puede que le guste a tu padre, pero no creo que él esté enamorado de mí.

–¿Cómo lo sabes?

–Esas cosas se notan por lo que uno dice, por la forma como uno trata a otra persona…

Chloe se arrugó en el asiento.

–Creo que a mí nadie me ha querido nunca. Desde luego, mi madre no. Y puede que mi padre tampoco.

–Chloe, tu padre te quiere muchísimo.

–En ese caso, ¿por qué nunca ha hecho nada conmigo? Lo único que hace es trabajar y comprarme cosas.

–Puede que esa sea la forma que tiene de demostrar su cariño.

–¡Pues no sirve!

–¿Y si es porque no sabe demostrarlo de otra forma?

–Sigue sin servir.

–Bueno, Mikey te quiere. Eres su madre.

Chloe pareció animarse.

–¡Sí, es verdad! ¿A que me quieres mucho, Mikey? –Chloe se volvió, estiró el brazo por encima del respaldo del asiento y acarició la cabeza del pequeño–. Eres mi niño y te querré siempre. ¡Y nunca te echaré de casa como me ha hecho mi madre a mí!

Cuando el coche se acercó a la casa, Leigh le dio una palmada en el hombro a la joven.

–Estás aprendiendo a saber lo que es el amor, Chloe. Todos, tanto tu padre como yo e incluso tu madre seguimos aprendiendo.

Leigh detuvo el coche delante de la casa. Wyatt se

encontraba en el porche. Al verle, le dio un vuelco el corazón. ¿Por qué el amor le hacía a uno sentirse tan confuso? ¿Y si sabía tan poco de lo que era el amor como Chloe?

El viernes al mediodía el sol derritió la nieve de las carreteras. Por la tarde, la amiga de Chloe, Amy, fue a recogerla en un descapotable rojo. Después de soplar un beso a Mikey, Chloe agarró la bolsa con lo necesario para pasar la noche fuera y salió de la casa como si la puerta de la cárcel se hubiera abierto para ella.

Wyatt lanzó un gruñido al ver el descapotable doblando la primera curva.

–Estas chicas conducen como si fueran inmortales –murmuró para sí.

Apartando la mirada de la carretera, entró en la casa con Mikey. Se había ofrecido para cuidarle mientras Leigh se arreglaba. Se alegraba de que ella y Chloe hubieran salido de compras juntas. No le habían querido decir nada del vestido, pero sabía que Leigh hasta con un saco de patatas estaría irresistible.

Mikey estornudó y él, mirando a su nieto, sonrió.

Los ojos que le devolvieron la mirada eran de un azul puro como el cielo. El amor que le invadió casi le dolió.

La fiesta empezaba a las siete y media, se servirían cócteles, comida de bufé y se haría una subasta con fines para recaudar fondos para conceder becas a estudiantes que las necesitaran. Sus empleados se encargaban de todo, pero él tenía que estar allí al principio para recibir a los invitados.

Dora llegó a la casa con unos minutos de antelación. Le hizo unas carantoñas al niño e hizo bromas respecto al esmoquin que él llevaba.

–¡Qué guapo está! –exclamó Dora–. A propósito, ¿dónde está Leigh?

–Bajará en cualquier momento. Bueno, ya conoce la casa, así que póngase cómoda. Hay comida en la cocina y Leigh ha dicho que se puede tumbar en su cama después de acostar a Mikey.

–Van a volver tarde entonces, ¿no? –Dora no tenía un pelo de tonta.

–Ya veremos. En cualquier caso, si necesitara algo, tiene mi móvil.

Dora levantó a Mikey del cochecito y le dio un beso en la mejilla.

–Vamos, señorito Mikey. ¡Esta noche tenemos fiesta!

Al oír un taconeo, Wyatt alzó la cabeza. Unos segundos después, Leigh apareció en lo alto de la escalera y, al verla, el corazón dejó de latirle.

Lo primero que notó fue el vestido: sencillo y discreto, pero increíblemente sexy. Se ceñía al cuerpo de Leigh como un guante y dejaba al descubierto un hombro. El brillo verdoso hacía juego con los reflejos dorados de los ojos de ella. Leigh llevaba el cabello recogido en un moño con hebras sueltas a ambos lados del rostro. Unos aros de oro eran el único artículo de joyería que llevaba.

Pero lo que destacaba eran las botas. Unas botas que solo Chloe podía haber elegido y que se ceñían a las magníficas piernas de Leigh esplendorosamente.

Tambaleándose, Leigh se agarró a la barandilla de la escalera para bajar. Él corrió para ayudarla. Fue entonces cuando notó que Leigh llevaba en las manos unos zapatos de salón negros.

–Por si los pies no me aguantan –murmuró ella–. Los dejaré en el coche.

Wyatt rio.

–No te preocupes, tú agárrate a mí y ya está. Por cierto, estás deslumbrante.

–Gracias. Chloe me ayudó mucho ayer. Y tú también estás muy guapo.

Wyatt abrió el armario del vestíbulo y sacó el abrigo de lana de ella; después, le ayudó a ponérselo. A continuación, se puso el suyo.

Salieron de la casa y se dirigieron al Mercedes, aparcado al lado del coche de Dora. Con Leigh del brazo, se sintió medio metro más alto y diez años más joven.

Respiró hondo. Iba a ser una noche extraordinaria. Iba a ser una noche perfecta.

Capítulo Diez

Nerviosa, pero aparentando tranquilidad, Leigh esperó a que Wyatt dejara los abrigos. Los invitados habían comenzado a llegar. Reconoció a algunos por su trabajo en el periódico, pero la mayoría le resultaban desconocidos. No obstante, todos eran ricos.

Las mujeres eran mayores y con atuendos más tradicionales que el suyo. ¿Por qué había dejado que Chloe le ayudara a elegir el vestido y, sobre todo, esas ridículas botas?

Wyatt volvió a su lado y le puso una mano en el codo.

–Pareces una diosa –le susurró él al oído–. Todos los hombres me van a tener envidia esta noche.

¿Y las mujeres? Seguro que querrían sacarle los ojos a ella y, probablemente, pensaban que lo que quería de él era su dinero.

Pero le daba igual. Acompañaba al hombre más importante de ahí y no era tonta. Sabía desenvolverse bien en cualquier ambiente.

–No me sueltes –le dijo a Wyatt en voz baja–. No quiero caerme y hacer el ridículo.

–Tranquila –Wyatt rio y le dio un apretón en el brazo–. Relájate y sé tú misma.

El rústico salón de fiestas estaba decorado con motivos propios de la estación de invierno, a base de ramas de pino y piñas que inundaban el lugar con su fragancia. Del techo colgaban arañas de cristal y los maderos ardían en una enorme chimenea.

Wyatt comenzó a saludar a los invitados, presentándola como la señorita Leigh Foster. Balanceándose en esos tacones de diez centímetros de alto, sonrió e hizo comentarios educados y agradables. Algunos de los hombres casi le hicieron reverencias, la mayoría de las mujeres le lanzaron gélidas miradas a las que no tardó en acostumbrarse. Pronto empezó a disfrutar.

Al fondo del salón estaban el bar y una larga mesa con el bufé. En un rincón, sobre una plataforma, había un trío de jazz tocando. La cantante que se acercó al micrófono era una de las que más le gustaban a su madre, con cálida y ronca voz.

El salón estaba llenándose de gente. Entre los recién llegados aparecieron unas mujeres más jóvenes con vestidos de falda corta y calzado con plataforma. Su presencia la hizo sentirse más a gusto, daba menos la nota. Incluso sorprendió a algunas mirándole las botas con admiración.

–¿Qué te apetece tomar, Leigh? –le preguntó Wyatt.

–Mencionaste que íbamos a cenar solos. Si la cena sigue en pie, voy a esperar. No quiero perder el apetito.

–¿Y una copa de champán?

Ella sacudió la cabeza.

–No, gracias. El alcohol me marea un poco.

El resto de los invitados no parecía tener ese problema. Casi todos los hombres estaban bebiendo y a algunos se les veía ya muy contentos. Con un poco de suerte extenderían generosos cheques para la recaudación con fines benéficos.

–¿Cuánto tiempo vamos a pasar aquí? –le preguntó a Wyatt en un susurro.

–No mucho más –respondió él con una sonrisa que la hizo temblar de pies a cabeza–. Tengo que saludar a alguna gente todavía; después, nos iremos. ¿Cansada ya de estar aquí?

Ella le devolvió la sonrisa.

–Estoy bien. Tómate el tiempo que… ¡Ay! –Leigh se dobló hacia un lado cuando un hombre, accidentalmente, se chocó con ella. Los rápidos reflejos de Wyatt evitaron la caída pero, al enderezarse, sintió un agudo dolor en el tobillo izquierdo.

–Te has hecho daño –dijo él.

–No te preocupes, estoy bien –respondió Leigh–. Solo me he torcido un poco el tobillo. No es necesario que nos vayamos.

Para demostrarlo, dio un paso hacia delante con la pierna izquierda. El dolor la hizo jadear.

–Ahora mismo nos vamos –al instante, Wyatt la levantó en sus brazos y se encaminó hacia la pasarela que conectaba el albergue con el hotel.

Leigh se pegó al pecho de Wyatt, sentía los ojos de todos en ellos.

–Vamos a ser la comidilla de la fiesta –dijo ella.

–¿Y qué?

Al acercarse al hotel, Wyatt giró y se dirigió a un ascensor separado de los demás y casi oculto. Pulsó unos botones en el panel junto a la puerta y esta se abrió. Por dentro, el ascensor estaba recubierto de madera de cedro y en el suelo había una alfombra persa.

No paraba en ningún piso, llevaba directamente al ático.

–Wyatt, ¿adónde vamos? –susurró ella.

–Muy pronto lo vas a ver –la risa de él le cosquilleó la oreja–. ¿Qué tal el tobillo?

–No lo sé. Está como dormido.

–Le echaré un vistazo cuando lleguemos. Aquí tenemos un enfermero. Confieso que no era lo que tenía pensado.

–¿Qué tenías pensado? Y dime la verdad.

–La noche perfecta en el lugar perfecto.

–¿Con la muy imperfecta señorita Foster? Algo tenía que salir mal.

–Para mí no eres imperfecta. Llevo mucho tiempo esperando esta noche, Leigh –le acarició el cabello con los labios–. Y todavía no me he dado por vencido.

El ascensor se paró, las puertas se abrieron y Leigh se encontró en una habitación tan elegante que la dejó sin habla. Tres de las paredes eran de cristal del suelo al techo, la iluminación era tenue y dejaba ver un panorama de estrellas, luna y montañas cubiertas de nieve. Había una terraza ajardinada al otro lado de los cristales del fondo y los árboles de la terraza estaban iluminados por una multitud de diminutas luces blancas. Salía vapor de una pequeña piscina climatizada que brillaba como una turquesa entre rocas.

La parte que se veía del salón estaba amueblada con enrormes sillones oscuros y un sofá muy largo sobre una alfombra blanca. La chimenea estaba encendida.

Wyatt la dejó en un sillón. Después, encendió la lámpara de la mesa auxiliar, se agachó delante de ella y bajó la cremallera de la bota. Leigh no se había molestado en ponerse medias y el roce de los dedos de él le causó un delicioso cosquilleo en la pierna.

–No pareces tenerlo hinchado –dijo él después de quitarle la bota–. ¿Sientes algo? –preguntó al girarle el tobillo.

Leigh hizo una mueca de dolor.

–Me duele, pero poco.

–Yo diría que no es nada importante, una ligera torcedura. Bastará con descansar el pie para que se te ponga bien.

–Siento lo que ha pasado.

–No te preocupes, me ha proporcionado la disculpa perfecta para dejar la fiesta.

Leigh contuvo la respiración cuando Wyatt le acarició la pierna hasta el muslo. Le deseaba, pero no había esperado la emoción que la embargó de repente.

Wyatt se puso de rodillas, se inclinó sobre ella y la besó. Sus lenguas se mezclaron y, enterrando los dedos en los cabellos de él, se entregó a aquella noche con Wyatt. La aprovecharía hasta el máximo. Al día siguiente, se despediría del trabajo y se marcharía.

Si se quedaba, todos sufrirían al final.

Wyatt deslizó la mano hacia arriba. Ella se abrió de piernas, la cabeza le dio vueltas cuando él deslizó la mano por debajo de las bragas. Estaba mojada. Gimió al sentir esos dedos en el sexo.

–Te deseaba tanto, Leigh –murmuró él–. No podía soportarlo más.

Mientras la acariciaba con el pulgar le introdujo un dedo. Excitada en extremo, alcanzó el clímax con un grito y espasmos.

Cuando el arrebato se desvaneció, apoyó la cabeza en el hombro de Wyatt.

–Esto solo ha sido el aperitivo –le susurró Wyatt al oído–. Antes… creo que te había prometido una cena.

Wyatt se puso en pie y apretó un botón de lo que parecía un control remoto. Las puertas del ascensor se abrieron y apareció a la vista un carrito con un mantel blanco en el que había una cubeta de hielo con una botella de champán, comida y un ramo de rosas rojas.

–Justo en el momento preciso –Wyatt se lavó las manos y metió el carro en la estancia. Ningún camarero a la vista. Evidentemente, Wyatt lo había dispuesto así.

Leigh miró a su alrededor y se fijó en el rincón en el que había una mesa con servicio para dos personas. Wyatt acercó el carrito a la mesa, encendió un par de velas, descorchó la botella de champán y sirvió dos copas.

–Hace años, trabajé de camarero para pagarme el acceso a las pistas de esquí –dijo él retirando una silla para ella–. No se me ha olvidado el oficio.

–Has mejorado mucho desde entonces –comentó Leigh.

–Sí, así es. Me gusta mi vida; sobre todo, esta noche –Wyatt se sentó y, por encima de la mesa, tomó la mano de ella–. Me tienes deslumbrado, Leigh. Y no es ahora, sino desde el día de la entrevista de trabajo.

–Me parece increíble que me contrataras. Debías estar desesperado.

–Sí, lo estaba. Pero no soy persona que deje pasar una ocasión. Mikey y tú habéis cambiado mi mundo… y me gusta –alzó la copa de champán–. Por esta noche.

–Por esta noche –repitió ella cuando chocaron las copas.

La cena era deliciosa: polluelo relleno de setas en salsa de vino servido sobre un lecho de berza del invernadero orgánico del complejo. De postre, buñuelos de viento.

Dejando la botella de champán y las copas en la mesa, Wyatt puso los platos y los cubiertos en el carrito, lo llevó al ascensor y apretó el control remoto. Las puertas se cerraron.

–Creo que te iría bien meter el tobillo en el agua –dijo Wyatt mirando a la piscina azul en la terraza.

–Puede ser. Pero ¿no hace mucho frío ahí fuera?

–Eso no es problema –Wyatt apretó otro botón del control remoto y unas lámparas de calor alrededor de la piscina se iluminaron.

–Colgado de la puerta del cuarto de baño hay un albornoz para ti.

–No he traído bañador.

Wyatt sonrió maliciosamente.

–Yo tampoco.

Cuando Leigh salió a la terraza, Wyatt ya estaba en el agua. A pesar de los burbujeos, las luces del interior de la piscina no dejaban espacio a la imaginación.

–Si te da vergüenza, puedo cerrar los ojos –bromeó él.

–Me arriesgaré.

Mirándole a los ojos, Leigh se abrió el albornoz y lo dejó encima de un banco. El frío la hizo temblar.

–Se te ha erizado la piel –dijo Wyatt–. Ven, aquí se está caliente.

Leigh bajó los escalones de piedra y se sumergió en

la piscina hasta los hombros. El agua estaba caliente y con un suave olor a rosas.

–Esto es… maravilloso.

–Ya te lo había dicho.

A la luz de las lámparas de calor, se le veía moreno y extraordinariamente viril.

–Ven aquí, Leigh –dijo Wyatt con voz ronca.

Leigh comenzó a deslizarse por la burbujeante agua y Wyatt le agarró un brazo, tirando de ella hacia sí. Tenía el cuerpo de un atleta: fuerte, musculoso y duro.

El beso que le dio fue profundo y sensual. Enredaron las piernas bajo el agua. Sintió el miembro de Wyatt en el vientre. Lo agarró. Al apretarlo, Wyatt lanzó un gruñido.

–Si quieres que dure, ten cuidado, señorita.

–¿Vamos a quedarnos aquí?

–Creo que la gente exagera con eso de hacer el amor en el agua. Tengo pensado algo mejor. Ahora, ponte cómoda y relájate.

Wyatt la hizo volverse de espaldas a él, la rodeó con los brazos por debajo de los pechos y la hizo apoyar la cabeza en su hombro.

–Maravilloso –murmuró Leigh.

–Lo mismo que tú –respondió él toqueteándole los pechos, lo que le produjo un cosquilleo en la entrepierna–. Cuando te canses de estar aquí, avisa y entraremos.

–Si sigo mucho tiempo así voy a dormirme.

–Si dejas que te despierte, no hay problema.

Leigh cerró los ojos mientras su cuerpo respondía a las caricias de Wyatt. Pronto, un pulsante calor la invadió. Le deseaba con locura. No podía soportarlo más.

Se volvió, le agarró la cabeza y le besó con ardor.

Wyatt, tras una ronca carcajada, la tomó en sus brazos y, con ella encima, subió los escalones. Entonces, la dejó de pie, la cubrió con su bata y se puso la suya.

Sin mediar palabra, volvió a alzarla en sus brazos y entró en la suite.

La habitación estaba a oscuras cuando Wyatt la depositó encima de las sábanas de seda. Leigh se hundió en el colchón de plumas mientras Wyatt se ponía un condón. Cuando volvió, ella le agarró por los brazos y lo tiró a la cama.

Wyatt rio.

—Vaya, tienes muchas ganas, ¿eh? —bromeó Wyatt—. Espera un poco.

Wyatt le besó los párpados, los labios y la garganta entre los gemidos de ella. Después, se apoderó de sus pechos con los labios y le chupó los pezones, haciéndola enloquecer. Le besó el vientre y el húmedo sexo y se lo acarició con la lengua.

Leigh gimió al alcanzar el orgasmo. Pero no le bastó.

—Wyatt, ya, por favor...

Wyatt la penetró con un empellón.

Los movimientos de él, llenándola, le produjeron oleadas de placer. Se movieron al unísono hacia el frenesí. Echó la cabeza hacia atrás, entregándose a las increíbles sensaciones que le corrían por las venas. Dio un grito cuando, con un último y duro empellón, Wyatt se estremeció y se dejó caer sobre ella.

¡Qué fácil era acostumbrarse a aquello!

Volvieron a hacer el amor una vez más y otra y otra... hasta que se encontraron extenuados. Abrazada a él, respiró el aroma de la sudorosa piel de Wyatt. Le encantaba el olor de ese hombre, su cuerpo, el timbre de su voz…

Leigh abrió un ojo y lanzó una mirada al despertador de la mesilla de noche. La una y cuarto. Pronto tendrían que regresar a la casa, para que Dora pudiera volver a la suya. Pero se estaba tan bien ahí… Unos minutos más.

Volvió a cerrar los ojos y se durmió de nuevo, hasta que el pitido del móvil de Wyatt los despertó.

Ella volvió a mirar el reloj y Wyatt lanzó un gruñido antes de incorporarse para contestar la llamada.

–¿Sí? Sí, ¿qué pasa, Dora?

Mientras la conversación continuaba, Leigh se levantó y comenzó a vestirse.

–¿Qué? ¿Tan alta? Sí, buena idea. Nos encontraremos ahí –Wyatt cortó la comunicación y se volvió hacia ella con una expresión muy seria.

–¿Qué pasa? –preguntó Leigh presa de un súbito miedo.

–Mikey –respondió Wyatt–. Tiene mucha fiebre. Dora lo va a llevar al hospital. Nos reuniremos con ellos ahí. Cree que Mikey puede tener neumonía.

Capítulo Once

Con expresión sombría, Wyatt conducía a la mayor velocidad que le permitían las curvas.

–Será mejor que avises a Chloe –le dijo él pasándole su móvil–. Supongo que querrá ir al hospital.

Leigh buscó el teléfono de Chloe en la lista de contactos y llamó. Le saltó el contestador.

–Chloe, soy Leigh. Mikey está enfermo. Estamos de camino al hospital. Llama a tu padre tan pronto como oigas este mensaje.

–¿No contesta? –preguntó Wyatt con expresión angustiada.

Leigh sacudió la cabeza.

–No. Puede que esté durmiendo y tenga el teléfono apagado.

–¿Durmiendo? ¿Tan pronto? ¿En una fiesta de cumpleaños? Sería la primera vez.

Leigh le notó preocupado. No solo por su nieto, sino también por su hija.

–¿Tienes el teléfono de la casa de la chica de la fiesta? –le preguntó a Wyatt–. ¿Sabes dónde vive?

–No, pero hablé con su madre por teléfono antes de dar permiso a Chloe para ir a la fiesta. Puede que tenga el número en mi cartera. Miraré cuando estemos en el hospital.

Llegaron al pueblo y recorrieron la calle principal a

toda velocidad. A Leigh se le aceleró el pulso al ver el coche de Dora en el aparcamiento. Al menos, Mikey estaba allí.

Dejó a Wyatt aparcando y corrió a la entrada de urgencias. Encontró a Dora en la sala de espera y las dos se abrazaron.

—Se lo han llevado hace unos minutos —explicó Dora—. Podremos ir a verle cuando le hayan examinado.

—¿Se pondrá bien?

—Eso espero. Una de mis hijas tuvo neumonía, por eso he reconocido los síntomas. Mikey está muy malito.

Wyatt apareció entonces y Dora le explicó la situación.

—Wyatt, ¿no ibas a ver el teléfono de la madre de la chica? —le recordó Leigh.

Wyatt rebuscó en su cartera y sacó un trozo de papel.

—Sí, aquí lo tengo.

Iba a hacer la llamada cuando una enfermera entró en la sala.

—El niño está con oxígeno y suero. Pueden pasar a verle si quieren —la enfermera miró a Leigh—. ¿Es usted su madre?

—No, soy…

—Pero como si lo fuera —interrumpió Dora—. Vamos, Leigh, pasa a verle.

La enfermera no hizo más preguntas. Wyatt y ella dejaron a Dora en la sala de espera y recorrieron un pasillo hasta una pequeña habitación.

Mikey estaba desnudo, solo con un pañal, en una

incubadora. El medicamento se lo daban por medio de una jeringuilla en un pie. Tenía los ojos cerrados y la piel algo azulada.

Conteniendo el llanto, Leigh tomó la mano de Wyatt en la suya.

Wyatt le apretó los dedos, aceptando y dando consuelo. Sintió un profundo amor por su nieto. El niño, ni esperado ni querido al principio, se había convertido en lo más maravilloso del mundo. Ya no podía imaginar la vida sin él.

Un joven con gafas, supuestamente un médico, se detuvo delante de una mesa e hizo unas anotaciones.

–Le estamos dando antibióticos a su hijo y también le hemos sacado las flemas que hemos podido –dijo el médico–. He visto casos peores, yo diría que se recuperará. Pero las próximas horas son críticas.

«Su hijo». El médico había supuesto que Leigh y él eran los padres de Mikey.

–¿Puedo quedarme con él aquí? –preguntó Leigh angustiada.

–Sí, claro –el médico indicó una silla en un rincón–. En la sala de enfermeras hay café. Los servicios están al otro lado del pasillo.

Leigh retiró la mano.

–Tienes que encontrar a Chloe. Te llamaré si se produjera algún cambio.

Wyatt asintió y, con un gran esfuerzo, se dio media vuelta y se dirigió a la sala de espera.

Dora se levantó nada más verle entrar.

–Gracias por traer a Mikey con tanta rapidez, Dora.

117

Todavía está grave, pero el médico parece ser optimista.

—¡Menos mal!

Leigh se va a quedar con él. Puede irse a su casa a descansar si quiere.

Dora negó con la cabeza.

—No voy a descansar hasta que Mikey esté mejor. ¿Dónde está Chloe?

—Eso es lo que voy a tratar de averiguar.

Wyatt agarró el móvil y marcó el número de la madre de su amiga. Después de varios timbrazos, una mujer con voz adormilada contestó.

—Siento despertarla, señora Winslow. Soy Wyatt Richardson. Necesito hablar con Chloe, es un asunto urgente.

—Chloe no está aquí.

—¿Qué?

—Pasó un rato en la fiesta; pero, a eso de las diez, dijo que no se encontraba bien y se marchó. Amy la llevó a su casa. ¿No está ahí?

Wyatt se puso tenso.

—¿Volvió Amy a la fiesta?

—No. Yo suponía que se iba a quedar con Chloe en su casa.

Wyatt lanzó un suspiro y, con un esfuerzo, logró mantener la calma.

—Es muy importante que la encuentre. ¿Podría hablar con alguna de las otras chicas? Puede que sepan adónde ha ido? ¿Le importaría que me pasara por su casa?

Se hizo un momentáneo silencio.

—No, claro que no. Pásese ahora mismo. Prepararé un café.

–No es necesario.

Wyatt apuntó la dirección y cortó la comunicación. Dora le miró con consternación.

–¡Esa chica debería estar encerrada hasta que cumpla los veintiún años! Me quedaré aquí por si aparece.

–Gracias.

Wyatt se dirigió apresuradamente hasta su coche. Había esperado que la maternidad hiciera madurar a Chloe, pero se había equivocado.

Una vez en casa de la señora Winslow, esta le llevó al cuarto de estar donde cinco chicas en pijama le esperaban sentadas en el sofá y le miraban como si fueran a ser interrogadas por un policía.

–Vamos a solucionar esto rápidamente –dijo él–. El niño de Chloe está muy enfermo, en el hospital, y necesito encontrarla. Si alguna de vosotras sabe dónde está, le agradecería que me lo dijera, Chloe también se lo agradecería.

Las chicas se miraron unas a otras en silencio. Por fin, una de ellas alzó una mano.

–Chloe y Amy se fueron a casa de Jimmy McFarland. Sus padres están fuera el fin de semana y daba una fiesta. Nos pidieron que no se lo dijéramos a nadie.

Wyatt lanzó un suspiro.

–Has hecho bien en decírmelo. ¿Cuál es la dirección de Jimmy?

Una de ellas anotó cómo llegar a casa del amigo de Chloe.

–Es una casa grande, como las de Inglaterra –dijo la chica–. No tiene pérdida.

Después de dar las gracias a las amigas de Chloe y a la señora Winslow, Wyatt se marchó y a los quince minutos estaba en la calle que le habían dicho.

No tuvo ningún problema en encontrar la casa, de estilo tudor y con tres coches de policía delante de la puerta.

El pulso se le aceleró. Pero no iba a discutir con ella ahora; en ese momento, lo importante era recogerla y llevarla al hospital.

Wyatt aparcó a cierta distancia de la casa y, discretamente, se acercó a pie. Fue entonces cuando vio a unos chicos salir por el garaje y desaparecer. Si habían salido por la puerta de atrás, casi seguro que la habían dejado abierta.

Siguiendo el camino por el que los chicos habían salido, llegó a un patio en el que había una piscina vacía y protegida para el invierno. La puerta de hoja doble que daba a la casa estaba entreabierta. Al entrar, lo primero que notó fue el olor a marihuana. Si la policía le pillaba ahí tendría que dar muchas explicaciones. No obstante, necesitaba encontrar a su hija.

Controlando la ira, entró en un cuarto de estar y se encontró con un montón de adolescentes tirados por todas partes, demasiado borrachos y demasiado colocados para levantarse y marcharse. Paseó la mirada por la habitación, pero no vio a Chloe.

En ese momento, entró un chico que salía de la cocina. Al menos, ese se tenía en pie.

—Chloe Richardson —dijo Wyatt en tono brusco—. ¿Dónde está?

El chico indicó el pasillo.

—En el baño. Vomitando.

Wyatt salió al pasillo, vio una puerta entreabierta y oyó el inconfundible sonido de alguien vomitando.

Chloe estaba inclinada sobre el retrete. Cuando alzó la cabeza, se le vieron unos ojos enormes y la piel blanca como la cera.

—¡Oh, papá, lo siento! –gimió su hija.

—Eso ahora no importa. Tenemos que marcharnos ahora mismo –Wyatt la hizo ponerse en pie y le limpió la cara con una toalla–. Mikey está en el hospital. Tienes que estar con tu hijo.

—¿Mikey? ¡Oh, no! –Chloe se echó a llorar.

Wyatt sacó a su hija de la casa por la parte posterior en el momento en que la policía entraba por la puerta principal. Unos minutos después estaban a salvo en el coche y, al instante, se pusieron de camino al hospital.

Capítulo Doce

Unos días después, a Mikey le permitieron volver a casa. Tenía los pulmones limpios, las mejillas rosadas y un hambre de mil demonios.

Wyatt envolvió a su nieto con una manta y, acompañado de Leigh y con el niño en los brazos, se dirigió al coche. Leigh parecía agotada. Apenas se había apartado de Mikey durante la enfermedad, incluso había dormido en el hospital cuando llevaron a Mikey de la sala de urgencias a una habitación.

Para ser una niñera asalariada, demostraba una extraordinaria devoción al niño. Cuando le miraba, se veía puro amor en sus ojos.

En el aparcamiento, abrió la puerta para que Leigh se acoplara delante a su lado; después, le pasó el niño a Chloe, que estaba sentada en la parte de atrás con la silla portátil de Mikey.

–Hola, Mikey –dijo la chica mientras ponía el cinturón de seguridad a su hijo–. ¡Te he echado de menos!

Además de una resaca, Chloe se había despertado con un fuerte catarro la mañana siguiente a la escapada. Eso le había dado a él la excusa perfecta para obligarla a estar en casa, pero se había visto obligado a pasar más tiempo en casa con su hija y menos del que le habría gustado en el hospital. Por desgracia, no se fiaba de Chloe.

Pero aquella situación caótica no era del todo mala, pensó Wyatt. Leigh y Mikey le habían hecho cambiar. Y el destino le había concedido una segunda oportunidad para cuidar de su hija.

Lanzó una fugaz mirada a Leigh, sentada a su lado. Leigh se había entregado a Mikey por entero y ahora estaba agotada. Cuando llegaran a casa, iba a obligarla a acostarse y a tomarse el resto del día de descanso. Chloe estaba lo suficientemente bien para cuidar de Mikey.

Una vez que Leigh se encontrara mejor, iba a tener una seria conversación con ella. Ya no era una niñera, se había convertido en una parte muy importante de su vida. Pasara lo que pasase con Chloe y Mikey, quería que Leigh se quedara con él. Nunca se le habían dado bien las relaciones, pero no quería perder a esa maravillosa mujer.

Quizá a Chloe le sorprendiera al principio, pero se llevaba bien con Leigh y pronto se acostumbraría a que ella y su padre estuvieran juntos.

Con renovado ánimo, tomó la carretera de la montaña. Empezó a nevar y encendió el limpiaparabrisas. Había llamado al hotel y les había pedido que llevaran un almuerzo caliente y alguien que lo sirviera. Sería una especie de fiesta para celebrar el regreso de Mikey a casa.

Al llegar, aparcado delante de la casa al lado de una de las furgonetas del hotel, había un Cadillac que no reconoció. No esperaba visitas y menos ese día. Pero no había nadie en el coche, lo que significaba que el dueño del vehículo estaba dentro de la casa.

Algo raro pasaba.

Waytt detuvo el Mercedes delante del porche, salió y se adelantó a su hija y a Leigh.

Tan pronto como abrió la puerta, supo quién estaba allí. Al instante reconoció ese espeso perfume.

La diminuta pelirroja de cabello impecable, rostro de muñeca de porcelana y curvas espectaculares, algunas de ellas pagadas por él, se levantó del sofá y le sonrió.

–Hola, Wyatt.

–Hola, Tina –respondió Wyatt.

Chloe, cargando con la silla con el niño, subió al porche y entró en la casa. Detrás, Leigh casi se tropezó con ella cuando la chica se detuvo bruscamente.

–¡Mamá! –la voz de Chloe era una mezcla de sorpresa e ira.

Por encima del hombro de Chloe, Leigh vio a una mujer delgada y baja, elegante y enfundada en un traje pantalón ajustado.

La exmujer de Wyatt era como Chloe con unos años más. No obstante, mientras el bonito rostro de Chloe era natural, el de aquella mujer parecía haber sido tratado por los mejores cirujanos plásticos del país. Se la veía demasiado perfecta.

–¿Qué haces aquí, mamá? –preguntó Chloe en tono huraño–. ¿Dónde está Andre?

–Digamos que Andre y yo hemos decidido… seguir distintos caminos –contestó la mujer en tono grave y sensual–. En cuanto a qué hago aquí, ¿no es normal que quiera ver a mi hija y a mi querido nieto?

Chloe no cedió.

–Mikey ha estado enfermo, en el hospital. No le conviene estar con desconocidos.

–¡Querida, yo no soy una desconocida! Soy la abuela de Mikey.

Wyatt se apartó de la chimenea, donde le habían visto al entrar, su mirada fría como el hielo.

–Chloe, ¿por qué no llevas a Mikey a su cuarto y le acuestas? Ya le verá tu madre más tarde.

Chloe se dio media vuelta y subió al piso superior. Tina se dirigió a su marido.

–¡No puedes hacerme esto, Wyatt! ¡Tengo derecho a ver a mi nieto!

–Luego, Tina –Wyatt sacudió la cabeza–. El niño se está recuperando de una neumonía. Respecto a lo de tu derecho a verle, creo que perdiste ese derecho cuando echaste a tu hija de tu casa. Lo que puedas verle a partir de ahora no depende de mí, sino de su madre.

–Eso ya lo veremos –Tina le dio la espalda y fue entonces cuando pareció darse cuenta de la presencia de Leigh–. ¿Y quién es esta? Si es tu última novia, debes estar desesperado.

–Acércate, Leigh, por favor –le dijo Wyatt.

Con la cabeza bien alta, Leigh cruzó la estancia y se detuvo al lado de él. Wyatt le puso una mano en la espalda.

–Leigh, creo que no hace falta que te presente a mi exmujer –dijo Wyatt–. Tina, te presento a Leigh Foster, la maravillosa niñera de Mikey. No se ha separado de él en el hospital. No sé qué habríamos hecho sin ella. En cuanto a ti, si no estás dispuesta a comportarte con educación, ya sabes dónde está la puerta.

Durante el silencio que siguió, Tina ladeó la cabeza

como un elegante pájaro. Tenía los ojos verdes, no azules, como los de Chloe.

–Bueno, mis más sinceras disculpas, señorita Foster. Debería haberlo imaginado, usted no es el tipo de mujer que le gusta a Wyatt.

Leigh se mordió la lengua. En la cocina se oyó ruido de cacerolas y desde allí les llegó el olor a *roast beef*.

–Me parece que la comida ya está lista –declaró Wyatt–. Tina, la educación no me permite despedir a mis invitados sin darles de comer. Estás invitada a almorzar con nosotros.

–Voy a decirle a Chloe que la comida ya está –dijo Leigh–. Pero, si no te importa, yo prefiero acotarme ahora mismo. Estoy cansada.

Aunque tenía hambre, no le apetecía en absoluto comer en un ambiente de tensión.

–Te guardaré comida para cuando te levantes –dijo Wyatt.

Al menos, conocer a esa mujer le había ayudado a comprender la dinámica de la familia Wyatt, pensó Leigh mientras subía las escaleras. Chloe podía ser impulsiva y obstinada; pero, comparada con su madre, era un corderito.

Cuando Leigh abrió los ojos el sol ya proyectaba largas sombras sobre la cama. Se sentía grogui y desorientada. ¿Cuánto tiempo había dormido? ¿Tres, cuatro horas?

Se levantó, fue al baño, se echó agua en la cara y se cepilló los dientes. Al mirarse al espejo vio que tenía los ojos enrojecidos y el cabello revuelto. Y ahora ¿qué? ¿Debía vestirse o ir a ver a Mikey o volver a acostarse?

Quizá le había llegado el turno a ella de ponerse mala.

Seguía indecisa cuando oyó unos suaves golpes en la puerta.

—Leigh, ¿estás despierta? —oyó decir a Wyatt.

Leigh solo llevaba una camiseta que apenas le cubría las caderas. Se metió corriendo en la cama otra vez y se cubrió hasta el pecho antes de responder.

—Sí, entra.

Wyatt apareció con una bandeja en la que había un sándwich de carne y un plato con ensalada de patatas. La comida olía de maravilla. Quizá no estuviera enferma.

—He oído el grifo del lavabo y he pensado que debías haber vuelto al mundo de los vivos —bromeó Wyatt—. ¿Cómo te encuentras?

—Mejor de lo que parece —contestó Leigh recostándose en las almohadas—. ¿Dónde está Mikey?

—Durmiendo en la habitación de Chloe. Ella está en el ordenador.

—¿Y Tina?

—Se ha ido, de momento. ¿Tienes hambre?

—Estoy desfallecida. Esa comida tiene muy buena pinta. Me mimas demasiado.

—Me encanta mimarte —Wyatt le dejó la bandeja encima de las piernas, desdobló una servilleta y se la colocó debajo de la barbilla—. Algo me dice que no has recibido nunca muchos mimos.

Wyatt cortó el sándwich en cuatro trozos con un

cuchillo. Leigh mordió uno, suculento y sabroso. Después, bebió un sorbo de leche.

–Ten cuidado, me vas a malacostumbrar.

–Me encantaría, si tú quisieras que lo hiciera –Wyatt se sentó en la cama y la miró con ternura–. Has sido mi salvación estos días, Leigh. Entre Chloe y el niño, no sé qué habría hecho sin ti. Te has convertido en un miembro de la familia, quiero que lo sepas. Y quiero que te quedes, conmigo.

El apetito se le evaporó al instante. En otras circunstancias, esas palabras le habrían encantado. Desgraciadamente, no podía olvidar que estaba traicionando la confianza de Wyatt.

¿Era ese el momento de decirle que se marchaba? Si lo hacía, Wyatt querría saber por qué?

–¿Y tu exmujer? –preguntó ella desviando la conversación.

–Tina no tiene nada que ver con esto. Ha alquilado una casa en Denver y, durante el almuerzo, anunció que quería que Chloe y Mikey se fueran a vivir con ella, y que tú fueses también de niñera. Chloe la ha mandado a paseo –Wyatt suspiró–. Pero no he venido para hablar de eso, Leigh, sino para decirte que te necesito. Quiero más noches como la del otro día, quiero cuidarte y me lo puedo permitir. Y quiero que, pase lo que pase con Chloe y Mikey, nos tengamos el uno al otro.

Leigh se quedó mirando la bandeja. Wyatt no había mencionado el amor ni, por supuesto, el matrimonio. De todos modos, daba igual. Aunque le ofreciera todo su ser, aunque le propusiera pasar el resto de la vida juntos, no podía aceptar.

–¿Quieres que deje de ser niñera para convertirme en tu amante? –preguntó ella en tono sarcástico–. Es algo que ya he hecho y me salió mal; la próxima vez, será para siempre. Y tú no eres un hombre que se comprometa para toda la vida, Wyatt. Con el paso del tiempo, te cansarías de mí y te irías con otra.

La expresión de él se tornó dura.

–¿Significa eso que no?

–Exacto. No.

Wyatt tenía mucho orgullo, no volvería a hacerle esa proposición. No obstante, debía asegurarse.

–Wyatt, me marcho. Me quedaré dos semanas más para que te dé tiempo a encontrar a una sustituta, pero eso es todo.

Wyatt pensó que jamás llegaría a entender a las mujeres por mucho que viviera. Había estado seguro de que Leigh sentía por él lo mismo que él por ella. Pero al proponerle una relación seria, Leigh había anunciado que se iba.

Chloe le había mencionado que Leigh, en el pasado, había estado prometida, pero que su novio la había traicionado. ¿Sería que no se fiaba de él por ese motivo? ¿O se trataba de otra cosa?

No podía permitirle marchar sin comprender el porqué.

Como si su preocupación por Leigh no fuera suficiente, estaban los problemas con Chloe. No había cedido y su hija seguía castigada, sin coche, sin las vacaciones de esquí con sus amigas y sin salir de casa en un mes. Pero una Chloe castigada era como un león enjaulado. Se pasaba el día lloriqueando y protestando por todo, encerrada en su habitación con el ordenador y la música a todo volumen. Chloe había decidido que, si ella lo iba a pasar mal, los demás también.

El único que solo le daba alegrías era Mikey.

En esos momentos, en el porche del albergue, contemplaba a los esquiadores bajando por las pistas. Era un día precioso y la nieve brillaba bajo el sol. Los restaurantes y cafés del complejo estaban llenos y unos leños ardían en la chimenea del albergue. Le animaba ver que sus esfuerzos hubieran dado frutos. Y, desde luego, necesitaba ánimos.

La noche anterior Chloe había estado imposible. Había habido una fiesta en su antiguo colegio y le había rogado que la dejara ir, pero él se había mantenido firme. Estaba castigada y no había más que hablar. Chloe se había encerrado en su habitación, lo que hacía con más frecuencia últimamente.

La verdad era que no tenía ninguna gana de volver a casa y tener que vérselas con su hija otra vez.

La nieve le atraía como un imán y decidió esquiar un rato para olvidarse de sus preocupaciones. Cuando acabó, el sol estaba a punto de ocultarse tras las montañas y nubes tormentosas se avecinaban.

Después de guardar el equipo de esquí, fue a su despacho para llamar a Leigh y avisar de que iba de camino. Leigh iba a preparar para cenar espagueti y pan con ajo y aceite, así que debía estar esperándole.

Vio que en el contestador del teléfono de la oficina tenía un mensaje, pero llamó antes a Leigh. A continuación, apretó el botón del contestador.

–Señor Richardson –era Sam Gastineau, el jefe de

seguridad–. Necesito hablar con usted. Cuando pueda, llámeme al móvil.

Presintiendo problemas, Wyatt marcó el número.

–Sam, ¿qué pasa?

–Es respecto a su hija, usted me pidió que vigiláramos sus actividades en Internet. Hasta ahora, todo eran charlas normales entre chicas. Pero acabamos de descubrir que ha estado hablando con un hombre desconocido por Internet y que se ha citado con él en el pueblo.

A Wyatt le dio un vuelco el estómago.

–¿Un hombre desconocido? ¿Quién?

–Después de rastrear, hemos descubierto que se llama Eric Underhill. Lo único que hemos averiguado de él es que no es un alumno del instituto del pueblo.

Wyatt sintió cómo le temblaban las piernas.

–Trataré de averiguar algo más y volveré a llamarle.

Después de colgar, volvió a llamar a su casa.

Capítulo Trece

Leigh estaba sacando el pan del horno cuando el teléfono sonó otra vez. Era Wyatt, con angustia en la voz.

–Leigh, ¿está Chloe ahí?

–Está en su habitación. La música…

–¡Ve a ver! Y si está ahí, dile que se ponga al teléfono inmediatamente.

Cuando volvió al teléfono, después de recorrer toda la casa, estaba casi sin respiración.

–¡Wyatt, no está en casa! ¡No la encuentro por ninguna parte!

–¿Y Mikey?

–Dormido, en la cuna. ¿Qué es lo que pasa, Wyatt?

–Te lo explicaré luego. Pero haz el favor de ir a mi despacho y abre el cajón del escritorio, el de arriba. A la derecha es donde guardo las llaves del coche, mira a ver si están. Te espero, no cuelgo.

Leigh regresó en menos de un minuto, la angustia apenas le permitía hablar.

–No hay ninguna llave. He mirado por todo el cajón y nada. No están.

Tras un breve silencio, Wyatt lanzó una maldición.

–Al menos puedo darle el número de la matrícula del coche a la policía –dijo él–. Chloe se ha llevado el Bentley.

***

Leigh salió al porche en el momento que oyó el todoterreno de Wyatt.

–¿Alguna noticia? –preguntó él nada más bajarse del coche.

–No, nada. He llamado a Chloe al móvil, pero no contesta. Entra, hace mucho frío aquí fuera.

En el cuarto de estar, Wyatt se dejó caer en el sofá.

–Mi equipo de seguridad ha estado vigilando su correo electrónico. Al parecer, se ha citado con un tal Eric Underhill. ¿Te suena el nombre?

–No, en absoluto. Suena a nombre inventado.

–Hemos comunicado a la policía el lugar donde se supone que han quedado. La policía ya se ha puesto en camino –Wyatt se pasó una mano por el húmedo cabello–. Leigh, no puedo quedarme aquí sentado. Chloe está por ahí con un coche que no está hecho para estas carreteras en invierno. Y, además, va a reunirse con un hombre del que no sé nada. Tengo que buscarla yo también.

–Yo me quedaré aquí con Mikey –dijo ella–. Si me entero de algo, te llamaré al móvil. ¿Me llamarás tú también cuando sepas algo?

–Lo haré si puedo.

Wyatt se abrazó a ella un segundo. Después, se levantó y se marchó de la casa.

Mikey se despertó y ella corrió escaleras arriba, le sacó de la cuna y le abrazó. El pequeño y cálido cuerpo del niño le sirvió de consuelo.

La carretera del cañón era como una pista de hielo.

Wyatt conducía despacio, buscando con los ojos señales de un accidente.

La carretera principal estaba un poco mejor, igual de helada, pero llana. En la profunda oscuridad, entre la nieve, los faros del coche apenas iluminaban unos metros. ¿Le había pasado desapercibido algo en el cañón? ¿Debía volver? Angustiado e indeciso, continuó hacia delante, sin ver ningún coche en la cuneta ni a su hija.

Si la encontraba, se prometió que todo sería diferente. Intentaría ser para Chloe el padre que no había sido y lo mismo haría con Mikey. Dejaría en manos de sus empleados, todos ellos capacitados, el manejo del complejo turístico. Se tomaría tiempo libre para estar con su hija, su nieto y… con Leigh. A pesar de que ella le había dicho que se iba, no se daba por vencido. Quería que fuera parte de su vida, quería una segunda oportunidad para formar una familia de verdad.

Unas luces intermitentes rojas y azules a poca distancia le sacaron de su ensimismamiento. Algo frío se le agarró al pecho al ver un vehículo destrozado.

Detuvo el todoterreno en la cuneta y salió a toda velocidad. La sirena de una ambulancia le ensordeció mientras corría hacia el lugar del accidente. Al llegar, vio el coche volcado de un lado. Era el Bentley.

Fue entonces cuando vio a Chloe sentada en el asiento posterior de un coche de policía y cubierta con una manta. Una persona, a su lado, le sujetaba una ensangrentada toalla a la cabeza.

–¡Chloe! –gritó él casi arrancando de cuajo la portezuela del coche.

Su hija alzó los ojos y le vio.

–¡Papá! –estaba llorando–. Te he destrozado el coche. ¡Lo siento!

–No pasa nada –Wyatt contuvo las lágrimas. Intentó abrazarla, pero le resultó difícil hacerlo desde fuera y tuvo que conformarse con darle una palmada en el hombro–. No te preocupes, cielo, es solo un coche. Lo importante es que estás bien.

Un policía se le acercó.

–Al parecer, se salió de la carretera y volcó –dijo el agente–, y nadie la vio, desgraciadamente. Estaba consciente cuando la encontramos. Se le debió atascar el cinturón de seguridad y han debido de pasar unos cuarenta minutos antes de que uno de nuestros agentes la viera al pasar.

Los médicos sacaron a Chloe del coche y, envolviéndola en mantas, la tumbaron en una camilla.

–Creo que lo que le pasa es solo conmoción y quizá algo de hipotermia, pero lo sabremos con certeza después de que la examinen en el hospital –le informó un médico–. La herida de la cabeza no es tan seria como parece, aunque ha perdido algo de sangre.

Wyatt apretó la mano de su hija mientras la subían a la ambulancia.

–Iré justo detrás, Chloe. Ánimo, cariño, todo va a salir bien.

Wyatt se dirigía hacia el todoterreno cuando otro policía le salió al paso.

–Señor Richardson, nos acaban de llamar para decirnos que han detenido al hombre que se había citado con ella. Es un trabajador de la construcción de cuarenta años, le tenemos fichado por agresión y acoso sexual. En el móvil tenía los correos electrónicos que le había enviado su hija. Le aseguro que la chica ha tenido suerte esta noche.

–Gracias.

Le temblaban las piernas mientras se dirigía a su coche. Al llegar, entró y apoyó la cabeza en el volante, temblando.

Cuando vio que la ambulancia se ponía en marcha, Wyatt encendió el motor y, con la mirada, siguió sus luces.

Leigh debía estar esperando su llamada. Podía telefonearle desde el hospital cuando supiera algo más sobre el estado de Chloe. Pero no podía retrasarlo mucho. En ese momento, lo que más quería en el mundo era oír su voz.

Leigh había dado el biberón a Mikey y estaba sentada con él en el sofá del piso de arriba. Había encendido el televisor para ver las noticias, temerosa de enterarse en cualquier momento por la televisión local de un accidente. Wyatt se había marchado hacía menos de una hora. Iba a ser una noche muy larga.

Mikey se acababa de dormir cuando sonó el teléfono. En la pantalla del auricular, vio que era Wyatt.

–Wyatt, ¿qué pasa?

–He encontrado a Chloe –Leigh lanzó un suspiro de alivio–. Ha tenido un accidente, se ha salido de la carretera con el coche, pero no le ha pasado nada serio. Ahora voy a ir detrás de la ambulancia al hospital. Sabré algo más cuando la hayan examinado.

–¡Menos mal que está bien! ¿Y la persona con la que se iba a reunir, ese tal Eric Underhill o como se llame?

–La policía ha arrestado al muy canalla. Es un tipo de cuarenta años que se dedica a engatusar a las jovencitas por Internet. Leigh, podía haber violado a Chloe o haberla secuestrado o… haberla matado.

Leigh no pudo evitar echarse a llorar.

–Leigh, ¿estás ahí?

–Sí, te oigo –respondió ella con voz ronca.

–Te llamaré luego, cuando sepa cómo está Chloe. Solo quería tranquilizarte.

–Gracias –Leigh hizo una momentánea pausa–. Ten cuidado, Wyatt. Y dile a Chloe que la queremos.

«Dile a Chloe que la queremos».

Las palabras de Leigh acudieron de nuevo a su mente cuando entró en la habitación del hospital. Chloe estaba en la cama, su cabello una mancha de color sobre la almohada. Tenía una venda alrededor de la frente cubriendo los puntos que le habían dado.

Chloe sonrió al verle entrar.

–Hola, papá.

–Hola, cariño –Wyatt le apretó un pie por miedo a hacerle daño si la tocaba cualquier otra parte del cuerpo–. ¿Cómo te encuentras?

–No muy bien, pero mejor que antes. Me han dicho que la policía ha agarrado al hombre. Me había mandado una foto de un chico muy guapo y decía que tenía dieciocho años. He sido una imbécil, ¿verdad?

–Sí, en eso tienes toda la razón. Tienes suerte de estar viva, Chloe. Pero bueno, ya hablaremos en otro momento.

–¿Y el Bentley? Sé que te encanta ese coche.

–Mañana le echaré un vistazo. Ahora, lo único que importa es que tú estés bien. El médico ha dicho que no tienes contusión cerebral, pero quieren que pases aquí la noche para cerciorarse de que todo está bien. Te van a dar algo para dormir. Y no te preocupes, no me voy a mover de aquí.

–Papá –Chloe alargó la mano y él la tomó en las suyas–, me encuentro bien y las enfermeras me están atendiendo. Ve a casa con Leigh y Mikey. Vamos, vete y descansa un poco.

–¿Seguro que no quieres que me quede?

Ella le apretó la mano.

–Vamos, papá, se te ve muy cansado. Estoy bien, de verdad.

–Bueno, si es así…

«Dile a Chloe que la queremos».

Wyatt se inclinó sobre la cama y dio un beso a su hija en la mejilla.

–Te quiero, Chloe. Y Leigh y Mikey también te quieren.

–Yo también te quiero, papá –respondió la chica con lágrimas en los ojos–. Y ahora vete y no te preocupes por mí, de verdad que estoy bien.

Wyatt dejó a su hija en el hospital y se encaminó hacia su casa pensando que no quería pasar solo aquella noche.

Capítulo Catorce

Leigh estaba en la cama, despierta, cuando oyó el motor del todoterreno. Se había acostado poco después de que Wyatt le llamara, pero no había logrado dormirse. Sin él, aquella casa era como una enorme cueva vacía.

Echaba de menos su voz, el sonido de sus pisadas. Echaba de menos sentarse en el sofá con él y verle acariciar a Mikey mientras veían las noticias. Echaba de menos su risa, el olor de su piel y sus brazos.

«Tienes que acostumbrarte, Leigh. Tienes que acostumbrarte a vivir sin él porque así va a ser de aquí en adelante».

Impulsivamente, se levantó de la cama, se puso la bata de franela sobre la camiseta con la que dormía y, descalza, bajó la escalera. Justo cuando llegó al vestíbulo se abrió la puerta y Wyatt entró acompañado de una ráfaga de frío y nieve.

Wyatt cerró la puerta inmediatamente y se sacudió las botas, tenía nieve en el pelo, las cejas y la barbilla. Temblando, se lo quedó mirando mientras se quitaba los guantes y se bajaba la cremallera del anorak.

–Ven aquí, Leigh –dijo él con ojos brillantes.

Leigh, corriendo, se arrojó a sus brazos.

–Mmm. Qué ganas tenía de estar contigo –murmuró Wyatt.

–¿Cómo es que has venido? Creía que ibas a pasar la noche en el hospital.

–Y yo, pero Chloe me ha ordenado que viniera a casa. Es una chica muy lista –respondió Wyatt con una leve carcajada.

–¿Te apetece un café? ¿Prefieres un chocolate caliente?

–Estoy hasta arriba de cafés. En cuanto a calentarme… Se me ocurre algo mejor que el chocolate.

Leigh no había contado con eso, pero nada en el mundo podría impedir darle ese gusto.

–Creo que te puedo ayudar en eso –Leigh le agarró una mano y le llevó a la escalera.

Wyatt se desnudó al lado de la cama. Ella, sin quitarse la camiseta, se deslizó entre las sábanas.

–Vamos, acuéstate –susurró Leigh.

Desnudo y temblando de frío, Wyatt se metió en la cama y se dejó abrazar. Entrelazaron las piernas, Leigh no llevaba nada debajo de la camiseta.

Wyatt estaba sumamente excitado, a punto de estallar. Por suerte, siempre llevaba condones en la cartera, que estaba en el bolsillo de sus pantalones vaqueros. La noche del hotel había sido estilo película de Hollywood pero esa noche era… simplemente hacer el amor. Era algo espontáneo, auténtico y tan maravilloso que apenas podía soportarlo. Quería que así fueran todas las noches de su vida.

La besó en la boca y en todo su encantador rostro. Le chupó los pezones y le acarició el clítoris hasta hacerla estremecer. Entonces, se colocó encima de ella y la penetró, sintiendo que ese era el lugar al que pertenecía. Leigh lanzó un gemido de placer.

–¿Has entrado ya en calor? –bromeó ella.

–Me estoy abrasando.

Wyatt se salió y volvió a entrar, contemplando la expresión de Leigh. Hacer el amor con ella era otro mundo, era algo tan emocional como físico. Era un compartir profundo, sentir lo que ella sentía… y se dio cuenta de que eso era amor.

La amaba y no quería separarse nunca de Leigh.

Cuando la pasión se hizo casi insoportable, se movió dentro de ella con frenesí. Leigh, agarrándole las nalgas, alzó las caderas y le siguió el ritmo mientras las sensaciones alcanzaban el punto álgido. El orgasmo la hizo estremecer y lanzar un grito. Él se aferró a ella sobrecogido por el clímax.

Agotado, descansó el rostro entre los pechos de Leigh. Bañado en el sudor de ella, se quedó quieto mientras Leigh le acariciaba la cabeza. Ninguno de los dos podía hablar.

Por fin, Wyatt se tumbó de costado y le dio un beso en la boca.

–Ya he entrado en calor –murmuró él, y Leigh le respondió con una sonrisa.

De lo último que tuvo consciencia era de haberse dormido en los brazos de Leigh.

Wyatt abrió los ojos y se dio cuenta de que estaba solo. Medio dormido, sintió un súbito pánico. Pero recuperó el sentido común y vio luz en el cuarto del niño. Leigh estaba con Mikey.

–¡Leigh! –gritó él.

–Aquí estoy –Leigh apareció en el umbral de la puerta con solo esa camiseta que apenas le cubría el sexo. Una pena que estuviera con el niño en los brazos.

–Vuelve a la cama. Es una orden.

–Bueno, iré, pero con Mikey. Ha dormido toda la noche de un tirón y está completamente espabilado. No va a querer quedarse en la cuna.

–Está bien.

No iba a permitir que esa maravillosa mujer se le escapara, debía impedirle que se fuera a toda costa. Había rechazado quedarse allí como amante suya, pero ¿rechazaría un anillo de bodas?

Leigh se acercó a la cama con Mikey en los brazos. Llevaba el cabello revuelto y el rostro sin maquillar, pero seguía siendo la diosa que le quitaba la respiración.

Con la mujer y el niño en la cama, Wyatt le cosquilleó la barriga al pequeño.

–¿A qué hora vas a ir a recoger a Chloe? –le preguntó ella recostada sobre los almohadones.

–Quiero ir pronto y también hablar con el médico.

–¿Qué vas a hacer con ella, Wyatt? Chloe tiene un hijo y anoche estuvo a punto de matarse. No puede seguir comportándose así.

–Lo sé –Wyatt sacudió la cabeza–. Leigh, por favor, no te vayas. Chloe y Mikey te necesitan. Yo te necesito. Ya eres parte de la familia.

–Por eso precisamente es por lo que debo marcharme, Wyatt. ¿Es que no lo entiendes? La situación se está complicando demasiado. Cuanto más tiempo pase aquí, más dolorosa será la separación.

Wyatt vio lágrimas en esos preciosos ojos. Pero Leigh parpadeó y desaparecieron.

–Cásate conmigo, Leigh. Sé que debería pedírtelo de rodillas y con un anillo de brillantes en la mano, pero tengo miedo de que antes de que me dé tiempo a comprar el anillo te hayas ido. No puedo soportar la idea de perderte.

Con absoluta angustia, Wyatt esperó. Notó la indecisión de Leigh y, antes de que ella pudiera contestar, conocía la respuesta.

–No es un buen momento –replicó Leigh–. Lo siento, Wyatt. Si las cosas fueran diferentes, creo que sabes lo que te respondería. Pero no puedo quedarme. No puedo, es así de sencillo.

–Al menos podrías decirme por qué.

–No –respondió ella enérgicamente y sacudiendo la cabeza–. Y no vuelvas a preguntármelo, por favor.

Wyatt se levantó de la cama, agarró su ropa y se marchó de la habitación.

Cuando el médico se pasó para dar el alta a Chloe ya era media mañana. El sol lucía en un cielo completamente despejado, un día glorioso para esquiar. Pero Wyatt no estaba de humor para nada.

Leigh le había rechazado. ¿Por qué, después de todo lo que habían compartido? ¿Qué la obligaba a alejarse de allí? ¿El regreso de un amante? ¿Su diferencia de edad? Quizá fuera simplemente que no le amaba. Saberlo le ayudaría, pero Leigh se había negado a darle explicaciones y eso le estaba volviendo loco.

–Estás muy callado, papá –le dijo Chloe mientras

se sentaba a su lado en el coche y se abrochaba el cinturón de seguridad.

–Tú tampoco has estado muy parlanchina.

–Estaba esperando a que me soltaras un rapapolvo.

–Aparte de estar contento de que sigas viva, lo único que puedo decir es que espero que hayas aprendido la lección.

–¿Te refieres a conducir un deportivo en la nieve y a citarme con un psicópata que conocí en Internet? Sí, claro que la he aprendido. Pero todavía me queda mucho por aprender.

Wyatt, sin apartar los ojos de la carretera, notó que su hija quería decirle algo más.

–En el hospital, he tenido tiempo para pensar –dijo ella–. Al principio, decidí quedarme con Mikey porque quería tener a una persona a la que darle todo mi cariño. Pero no sabía lo que significaba ser madre. No estaba preparada, papá. Y la verdad es que sigo sin estarlo, anoche lo demostré. Lo único que quería era que alguien me prestara un poco de atención, y casi me costó la vida.

A Wyatt se le encogió el corazón.

–¿Qué es lo que estás insinuando?

–Quiero mucho a Mikey, pero eso no significa que pueda ser una madre responsable. Leigh ha sido su verdadera madre.

–Leigh se marcha, ya lo sabes. ¿Quieres dar a Mikey en adopción?

–Lo que esperaba era que Leigh y tú os casarais y le adoptarais.

Wyatt dirigió la mirada hacia la carretera del cañón.

–Ya se lo he pedido, cielo. Y me ha contestado que no.

–Oh.

Su hija guardó silencio. Ninguno de los dos volvió a pronunciar palabra hasta que no llegaron a la casa.

Leigh no había salido al porche a recibirles, pero el ruido de unos pasos y de la ducha de arriba le indicó que estaba allí.

Chloe se fue a su habitación y él, después de pedir una pizza y ensalada por teléfono al restaurante del hotel, fue a su despacho a trabajar.

Una hora después, cuando les llevaron la comida, Leigh todavía no había dado señales de vida. Estaba pensando en ir a buscarla cuando Chloe bajó las escaleras con el bebé en los brazos.

–¿Dónde está Leigh? –preguntó Wyatt.

–Ha ido al complejo a no sé qué. Me pidió que me encargara de Mikey.

–¿Se ha llevado el Mercedes?

Chloe se encogió de hombros.

–Supongo. No la he visto marcharse.

Asaltado por un terrible presentimiento, corrió escaleras arriba hasta la habitación de Leigh. Todo estaba ordenado. La cama hecha. El armario y los cajones cerrados, pero al mirar en su interior los encontró vacíos.

Conteniendo la desesperación que le embargó, miró a su alrededor. Fue entonces cuando vio un sobre encima de una de las almohadas. En el sobre estaba escrito su nombre.

Lo desgarró, se sentó en la cama y comenzó a leer las páginas escritas a mano.

Capítulo Quince

Querido Wyatt:

Sé que no te va a gustar que me haya ido así, pero no tenía valor para despedirme de ti cara a cara. He ido al complejo a recoger mi coche con el Mercedes, dejaré las llaves en la recepción.

Chloe y tú me recibisteis en vuestra casa y me regalasteis vuestra confianza. Yo, por el contrario, os he mentido. Ahora que ya me he ido, puedo confesarte la verdad. Solicité el trabajo de niñera porque Mikey es mi sobrino. El padre de Mikey es un chico de diecisiete años, mi hermano.

Wyatt temió derrumbarse. Desde el principio, los motivos de Leigh al solicitar el trabajo le habían parecido sospechosos; al menos, hasta enamorarse de ella. Pero jamás se le había pasado por la cabeza que fuera la tía de Mikey. ¿Cómo había podido estar tan ciego? ¿Por qué no había supuesto lo obvio?

¿Y por qué había mantenido ese secreto durante tanto tiempo? Al fin y al cabo, no había hecho nada ilegal.

La respuesta se la ofreció el siguiente párrafo.

Oculté la verdad para conservar el trabajo y para proteger a mi hermano, un buen chico con un futuro prometedor. Por favor, te ruego que la ira que puedas albergar no la dirijas contra él. Cuando Chloe le dijo que se había quedado embarazada, mi hermano se ofreció para asumir sus responsabilidades. Pero Chloe le dijo que no pensaba tener al niño. Mi hermano no sabe que Chloe cambió de idea, no sabe nada de Mikey. Mi madre tampoco.

El contrato que me diste para firmar me impide decírselo. Espero que tú tampoco lo hagas. Esa decisión debería tomarla Chloe.

La única razón por la que solicité el trabajo de niñera era que quería conocer a mi sobrino y ayudarle en los primeros días de su vida. Mikey está bien donde está. Ahora ha llegado el momento de apartarme de su vida… y de la vuestra. Mikey no se acordará de mí, pero espero que en el fondo de su alma recuerde lo mucho que le quise.

Chloe también le quiere, lo sé. Tiene mucho que aprender, pero estoy segura de que será una madre maravillosa. Con tu ayuda y apoyo, lo conseguirá.

En cuanto a mí, Wyatt, no sé qué puedo decir. Si la situación hubiera sido diferente… pero es lo que es. Solo espero que algún día puedas comprenderme y perdonarme.

Leigh

Chloe acabó de leer la carta. Lo último que Wyatt había esperado era la serenidad con la que reaccionó.

–No pareces sorprendida –dijo él.

–No lo estoy.

–¿Lo sabías?

–No al cien por cien, pero lo sospechaba. Para empezar, estaba el apellido. Además, su hermano y ella se parecen: el mismo color de pelo, la misma constitución y los mismos ojos. Y ninguna desconocida podía querer a Mikey como ella le quería. Se la veía dispuesta a enfrentarse a cualquier cosa para proteger a Mikey.

Estaban en el sofá del cuarto de estar. Él tenía al niño en brazos y así había estado esperando a que su hija leyera la carta.

–¿Por qué no dijiste nada? –preguntó Wyatt.

–Porque me caía muy bien y Mikey estaba muy a gusto con ella. Tenía miedo de que, si hablaba, se marchara y tuviéramos que ponernos a buscar otra niñera –Chloe dejó la carta encima de la mesa de centro–. Además, me aterrorizaba que tú fueras a buscar a Kevin y le hicieras daño.

–¿Kevin? ¿Se llama Kevin? –Wyatt apretó la mandíbula.

–Kevin Foster. Va al instituto. Pero no fue culpa suya, papá. Estábamos en una fiesta y todo el mundo estaba más o menos borracho, y yo le estaba mirando porque es bastante guapo. Empezamos a hablar y luego… eso. Utilizamos un preservativo, pero se rompió.

Wyatt miró a Mikey, que intentaba comerse el botón de su chaqueta.

–Madre mía, Chloe, ¿en qué estabas pensando?

–Ese es el problema, que no pensaba –Chloe ahogó un sollozo–. Solo quería que alguien me prestara un poco de atención. Al día siguiente me sentía muy estúpida y decidí que no quería volverle a ver. Leigh ha dicho la verdad en la carta, Kevin intentó apoyarme y se ofreció para responsabilizarse del niño, pero yo le dije que iba a abortar. No quería tener nada que ver con él.

Pero mira lo que tenemos… ¡El niño más bonito del mundo!

«Y ahora no sabes qué hacer con él», pensó Wyatt mordiéndose la lengua.

–¿Le habrías hecho daño a Kevin si te lo hubiera dicho, papá?

Wyatt lanzó un suspiro.

–Al principio, eso era lo que quería. Pero… En fin, lo hecho, hecho está y ahora tenemos a Mikey. Lo único que podemos hacer es olvidarnos del pasado y cuidar de él.

–Si Leigh hubiera sabido esto, ¿crees que se habría marchado?

Wyatt hizo un esfuerzo para no sentir, para apagar el dolor que le causaba su ausencia.

–No lo sé.

–¿Por qué no vamos a buscarla y se lo preguntamos?

Wyatt se quedó mirando a su hija.

–Piénsalo bien, papá –dijo Chloe–. Leigh es lo mejor que te ha podido pasar, y también a Mikey. ¿No crees que merece la pena hacer un esfuerzo para conseguir que vuelva? –Chloe se puso en pie y le quitó al niño–. Vamos, llama a los empleados de seguridad y pídeles que averigüen la dirección de su familia. Mikey y yo te acompañaremos. No podrá negarse si vamos los tres.

–No consigo comprender por qué te tienes que ir del pueblo con tanta prisa –dijo su madre mientras servía el guiso que había hecho en los tres platos–. ¿Te has metido en algún lío?

Leigh, que estaba cortando pan, levantó la cabeza. Estaba harta de secretos, pero no podía revelar la verdad.

—Ya te lo he dicho, Christine me habló de este trabajo en una agencia publicitaria y la fecha límite para presentarse en persona es mañana.

—¿Es que no puedes encontrar trabajo en Dutchman's Creek? ¿Y qué ha pasado con el trabajo que tenías de niñera?

—¿Leigh estaba trabajando de niñera? —preguntó Kevin desde la entrada, sacudiéndose la nieve de las botas—. ¿Por qué no me lo habíais dicho?

—Supongo que ahora sí podemos decírtelo —dijo la madre antes de que Leigh pudiera pedirle que se callara—. Tu hermana estaba cuidando el niño de un famoso, pero no podía decir de quién.

—Y sigo sin poder, firmé un contrato que me lo impide —añadió Leigh.

—Deja que lo adivine —Kevin sonrió traviesamente mientras se quitaba los guantes—. ¿El niño de una estrella de cine? ¿De un cantante de rock?

—Trata de adivinar todo lo que quieras, pero te va a dar igual porque no te lo pienso decir.

—Me parece que no va a hacer falta —dijo Kevin mirando por la ventana—. ¿Te acuerdas del lujoso todoterreno en el que viniste la última vez? Acaba de aparcar delante de nuestra casa.

A Leigh se le cayó el cuchillo que tenía en la mano. Le dieron ganas de salir corriendo a esconderse, pero lo único que conseguiría sería hacer el ridículo. Lo mejor era prepararse para el inevitable enfrentamiento. ¿Qué alternativa le quedaba?

Desde la cocina, Leigh no podía ver la ventana a la que estaba asomado su hermano, pero sí le vio palidecer.

–¡Oh, no, Dios mío! –murmuró Kevin.

–¿Qué demonios está pasando? –su madre dejó la cacerola en el fogón en el momento en que sonó el timbre. Limpiándose las manos en el delantal, fue a abrir la puerta.

Leigh fue al cuarto de estar, donde se encontraba Kevin, y le agarró la mano. Se enfrentarían juntos a lo que fuera.

Al abrirse la puerta, apareció Chloe con Mikey en los brazos y su padre detrás. Un gorro de esquí le cubría el vendaje de la cabeza.

–Hola, señora Foster –dijo la chica–. Me llamo Chloe Richardson y este es mi hijo, Mikey. Mi padre y yo hemos venido a hablar con Leigh.

Leigh miró a Kevin, que parecía a punto de desmayarse. A ella también le temblaban las piernas, pero no pudo evitar sentir una gran admiración por Chloe en esos momentos.

Su madre, aún sin saber nada, sonrió e invitó a pasar a los recién llegados.

Leigh fue a hablar, pero Kevin dio un paso adelante.

–¿Por qué no me lo dijiste, Chloe? –dijo Kevin en tono duro–. ¿Pensabas que no querría saber que tenía un hijo y por eso me lo has ocultado?

Chloe le miró a los ojos.

–Aquí estoy, Kevin. Por ahora, es lo más que puedo hacer.

Mikey clavó los ojos en ese desconocido que era su padre. El enfado de Kevin se desvaneció y los ojos se le llenaron de lágrimas.

–¿Puedo agarrarle? –preguntó el chico.

–Toma –Chloe le dio al bebé–. Pero ten cuidado, sujétale la cabeza.

Kevin tomó a su hijo en los brazos como si tuviera miedo de que se rompiera. Las lágrimas le corrían por las mejillas.

Su madre se dejó caer en el sofá y Leigh le rodeó los hombros para consolarla.

–Lo siento –susurró Leigh a su madre–. Quería decírtelo, pero no podía.

Kevin se dirigió al sofá.

–Aquí tienes a tu nieto, mamá. ¿Quieres tenerlo en brazos?

–¡Oh, Dios mío! –la mujer tomó a su nieto y el niño, al instante, respondió a sus caricias y calor pegándosele al pecho. Ella comenzó a llorar silenciosamente.

Wyatt, que se había quedado en la entrada observándolo todo sin pronunciar palabra, se adentró en la estancia.

–Señora Foster –dijo Wyatt–, si me lo permite, me gustaría hablar con Leigh a solas.

Leigh le condujo a la cocina, cerró la puerta y se preparó para la tormenta que se le venía encima y para la que no estaba preparada.

–Di lo que quieras, Wyatt. Llámame de todo y amenaza con denunciarme. Pero no me voy a disculpar.

Siento haberos mentido a Chloe y a ti y siento haber herido tu orgullo, pero los días que he pasado con Mikey han valido eso y más.

–¿Y tú y yo? ¿Qué me dices de eso?

–No, por favor –Leigh apartó el rostro para ocultar las lágrimas–. No siento haberme enamorado de ti, pero soy consciente de lo que he hecho. Sé que he estropeado lo que ha habido entre los dos.

–¿Que estás enamorada de mí? –una sonrisa asomó a los labios de Wyatt.

–Eso no puede sorprenderte. ¿Qué mujer no se iba a enamorar de ti? Pero da igual, te mentí y también mentí a Chloe.

–Escúchame, Leigh –Wyatt le tomó ambas manos–. Chloe sospechaba quién eras desde el principio. No dijo nada porque se dio cuenta de lo mucho que querías a Mikey y, además, ella quería que te quedaras en nuestra casa.

Leigh le miró fijamente. Los labios le temblaban.

–Los dos queremos que te quedes –añadió Wyatt–. Chloe ha reflexionado y se ha dado cuenta de que no está preparada para ser madre. Quiero que tú y yo adoptemos a Mikey. Y para eso, creo que debemos casarnos. Pero, sobre todo, quiero casarme contigo porque te amo y espero pasar el resto de la vida juntos. Así que te lo voy a pedir por última vez, ¿quieres casarte conmigo, Leigh? ¿Vas a dejar que te mime y que te adore durante el resto de nuestras vidas?

Las lágrimas le empapaban ya las mejillas.

–Sí –susurró ella–. Sí, con todo mi corazón.

Wyatt se sacó un pañuelo limpio del bolsillo y se lo dio.

–En ese caso, ¿te parece que vayamos al cuarto de estar a darles la noticia?

–¡No tengas tanta prisa, caballero!

Riendo, Leigh le echó los brazos al cuello y el beso que se dieron duró un buen rato.

Epílogo

Dos años más tarde. Mayo

–¡Mikey, vuelve aquí ahora mismo! –Leigh fue a agarrar a su hijo, pero no se dio la prisa suficiente. El niño se metió entre las filas de butacas y salió al pasillo. Desde allí echó a correr hacia el escenario del auditorio en el que el organista había empezado a tocar.

–Quédate aquí, yo le agarraré.

Wyatt se levantó del asiento y rodeó el patio de butacas para salir al pasillo. Por fin, agarró a su hijo y volvió al asiento.

–Me estoy haciendo viejo para estos ajetreos –murmuró al oído de su esposa.

Mirándose el abultado vientre, Leigh le sonrió.

–Ya verás cuando aparezca en escena su hermana –dijo ella en voz baja–. Entonces sí que vamos a tener ajetreo. De momento, esperemos que no se alborote.

Wyatt se sacó del bolsillo un conejo de peluche antes de volverse para ver desfilar a las chicas del colegio Bradford Hill, que se graduaban.

Chloe era la tercera de la fila, iba con la cabeza muy alta y los rojos rizos se le escapaban del gorro blanco. Durante los dos últimos años había madurado mucho y se había convertido en una joven segura de sí misma y madura. Se acababa de graduar con matrículas de honor y había conseguido plaza en una prestigiosa universidad.

Wyatt no podía sentirse más orgulloso de ella. Era una pena que su madre no estuviera allí. Tina había enviado a Chloe una tarjeta de felicitación y un generoso cheque de regalo, pero ahora vivía en París con su tercer marido, un hombre de mucho dinero. Y parecía feliz.

Kevin, que había acabado los estudios en el instituto hacía dos años, estaba estudiando física en la universidad de Colorado. Él y Chloe se habían hecho amigos, pero cada uno llevaba su vida, como debía ser. No obstante, Mikey era su lazo de unión.

En cuanto a Mikey, era el hijo de Leigh y Wyatt, Chloe era su hermana mayor y Kevin era su tío. Le contarían la verdad cuando fuera lo suficientemente mayor para comprenderlo; de momento, al pequeño le bastaba con saber que era parte de una familia y que todos le adoraban.

Cuando Chloe se subió al estrado para recoger su diploma, Wyatt pensó en el día que abrió la puerta y la vio embarazada. Jamás habría imaginado que eso iba a aportarle tanta felicidad.

Leigh, Mikey, la hija que pronto tendrían, un nuevo comienzo con Chloe… Todo se debía a ese día.

Wyatt, agradecido al destino, agarró con fuerza a Mikey y deslizó un brazo por los hombros de su esposa.

PÉTALOS DE AMOR

YVONNE LINDSAY

Aunque hubieran pasado meses de su apasionado idilio, Dylan Lassiter no dejaba de pensar en Jenna Montgomery. Tal vez porque para el famoso chef y consumado playboy había llegado el momento de sentar cabeza. O tal vez porque Jenna se había quedado embarazada de él.

Cuando la atractiva florista se negó a casarse, Dylan decidió emplear todas sus armas de seducción. Pero cuando empezaba a conquistarla salió a la luz el escandaloso secreto que Jenna ocultaba. Ahora Dylan podía perder a la mujer que amaba y al hijo que esta llevaba dentro.

Nadie le decía que no a un Lassiter

Acepte 2 de nuestras mejores novelas de amor GRATIS

¡Y reciba un regalo sorpresa!

Oferta especial de tiempo limitado

Rellene el cupón y envíelo a
Harlequin Reader Service®
3010 Walden Ave.
P.O. Box 1867
Buffalo, N.Y. 14240-1867

¡Sí! Por favor, envíenme 2 novelas de amor de Harlequin (1 Bianca® y 1 Deseo®) gratis, más el regalo sorpresa. Luego remítanme 4 novelas nuevas todos los meses, las cuales recibiré mucho antes de que aparezcan en librerías, y factúrenme al bajo precio de $3,24 cada una, más $0,25 por envío e impuesto de ventas, si corresponde*. Este es el precio total, y es un ahorro de casi el 20% sobre el precio de portada. !Una oferta excelente! Entiendo que el hecho de aceptar estos libros y el regalo no me obliga en forma alguna a la compra de libros adicionales. Y también que puedo devolver cualquier envío y cancelar en cualquier momento. Aún si decido no comprar ningún otro libro de Harlequin, los 2 libros gratis y el regalo sorpresa son míos para siempre.

416 LBN DU7N

Nombre y apellido   (Por favor, letra de molde)

Dirección   Apartamento No.

Ciudad   Estado   Zona postal

Esta oferta se limita a un pedido por hogar y no está disponible para los subscriptores actuales de Deseo® y Bianca®.
*Los términos y precios quedan sujetos a cambios sin aviso previo.
Impuestos de ventas aplican en N.Y.

SPN-03   ©2003 Harlequin Enterprises Limited